KB065693

밤
의

고
아

윤보인 장편소설
# 밤의 고아

초판 1쇄 발행 2014년 6월 13일

지은이 윤보인
펴낸이 주일우
펴낸곳 ㈜문학과지성사
등록번호 제1993-000098호
주소 121-840 서울 마포구 서교동 395-2
전화 02) 338-7224
팩스 02) 323-4180(편집) / 02) 338-7221(영업)
전자우편 moonji@moonji.com
홈페이지 www.moonji.com

© 윤보인, 2014. Printed in Seoul, Korea.
ISBN 978-89-320-2629-9

윤보인 장편소설

밤의

고

아

문학과지성사
2014

# 차례

1장  7
2장  63
3장  125
4장  187
5장  253

작가의 말  276

1장

문을 열면 계단이 보인다. 계단을 내려간다.

서른한 개의 계단. 아니 서른세 개의 계단. 계단 끝에는 지하실이 있다. 지하실 옆에는 여러 개의 문이 있다. 그 안에 사람들이 살고 있다. 사람들이 문을 열고 밖으로 나온다.

첫번째 집.

그곳에 여가 살고 있다. 외출을 하고 돌아온 여가 겉옷을 벗는다. 속옷을 벗는다. 침대에 앉아 기다린다. 새끼손가락이 없는 사내를.

사내는 곧 돌아올 것이다. 푸른 장화를 신고 멀리서.

전화.

여가 중얼거린다.

지난밤 전화벨이 울리자마자 사내는 이곳을 떠났다. 서둘러 옷을 입고 빠른 걸음으로 계단을 올라갔다. 밖으로 나온 여는 텅 빈 계단을 바라보았다. 거기엔 아무도 없었다. 오로지 어둠만이 존재했다. 끔찍한 어둠이었다.

그녀는 자리에서 일어나 현관으로 다가간다. 문을 열고 밖을 내다본다. 누군가 계단을 내려온다. 누군가의 신발이 보인다. 외투가 보인다. 여는 사내가 아니라는 것을 알고는 고개를 흔든다. 아니다. 이번에도 아니다.

멀리서 택배 기사가 천천히 다가온다. 검은 모자를 눌러쓰고 있어서 얼굴이 잘 보이지 않는다. 주문한 게 없는데. 여가 중얼거린다. 택배 기사는 옆집 문을 두드린다. 아무 응답도 없다. 택배 기사는 어디론가 전화를 건다. 잠시 후 여에게 다가온다.

"물건 좀 맡아주시죠."

그녀는 말없이 상자를 건네받는다. 택배 기사의 눈빛이 불안하다. 그는 재빨리 계단을 오른다. 저 계단. 그녀도 말없이 계단을 오른다. 그때 누군가와 부딪힌다. 흰색 모자를 쓴 사람. 이번에는 가스 점검원이다. 그가 여의 집 문을 두드린다.

"잠시만요."

여는 계단을 내려간다. 재빨리 문을 열어준다.

텅 빈 집.

변변한 가구조차 없다. 거실엔 소파만 놓여 있을 뿐이다.

"집이 무척 춥군요."

가스 점검원이 말한다.

"그래요."

여가 대답한다.

"별 이상은 없습니다."

잠시 후 가스 점검원은 밖으로 나간다.

"잠깐만요. 정말 이상이 없나요?"

가스 점검원은 고개를 끄덕인다. 여는 한 걸음 뒤로 물러선다. 그녀는 더 이상 묻지 않는다. 이 집의 구조에 대해, 계단에 대해, 낯선 자의 출현에 대해.

"잠시만요."

갑자기 여가 말한다.

"조심하세요. 계단."

가스 점검원은 사라진다. 여는 소파에 앉는다. TV에선 외화가 방영되고 있다.

*

그 시간, 계단을 내려오는 한 사람이 있다.

"조심해. 계단을 조심해."

기가 뒤돌아보며 소리친다.

"어두워요."

사내아이가 말한다. 기는 대꾸하지 않는다.

"너무 어두워요."

"돈을 많이 벌면 좋은 곳으로 이사할 거다. 조금만 참아."

어둠 속에서 그가 말한다. 조금만 더 다정하게 말해준다면. 아이는 생각한다. 기는 열쇠를 찾는다. 천천히 열쇠 구멍에 끼워 넣는다.

문이 열린다. 그들은 말없이 들어가 긴 의자에 앉는다. 오늘 하루도 너무 피곤했다. 차에 기름을 넣는 일. 단순해 보이지만 일이 끝날 때마다 몹시 피곤해진다.

주유소. 새벽의 주유소.

아이는 늘 주유소로 찾아와 그를 기다렸다. 하품을 하거나 의자에 앉아 꾸벅꾸벅 졸기도 했다. 사장은 이미 퇴근을 한 뒤였다. 그는 검은 모자를 눌러쓰고 차에 기름을 넣었다. 차 한 대가 사라지면 또 다른 차가 다가왔다. 기름을 다 넣고 나면 차는 곧 그의 시야에서 사라졌다.

"전화 받아."

멀리서 주유소 직원이 소리쳤다.

"네, 기입니다."

사무실로 들어간 그가 전화를 받았다. 하지만 전화는 곧 끊어졌다. 새벽이면 어김없이 걸려오는 전화. 상대가 누구인지 알 수 없었다. 일터로 전화를 하고 바로 끊어버리다니. 누군가 그를 지켜보고 있었다.

"퇴근해."

그때 저 멀리서 주유소 직원이 소리쳤다. 기는 모자를 벗었다. 아이의 손을 잡고 주유소를 빠져나왔다. 차 한 대가 빠르게 터널 속으로 들어갔다. 그 역시 멀리 달아나버리고 싶었다. 떠나기 위해선 돈과 용기가 필요했다. 하지만 그에겐 아무것도 없었다. 피로와 권태, 무거운 슬픔. 그것만이 전부였다.

그의 하루는 늘 고단함으로 끝이 났다. 아직 그의 육체엔 피로의 흔적이 남아 있었다. 그는 불현듯 아이의 손을 잡았다. 두려움 때문이었다. 아이가 살아 있는 게 맞나 싶어서 그는 걸음을 멈추었다. 아이의 존재. 그리고 그의 존재.

집으로 돌아온 그는 소파에 몸을 기대었다. 아이는 곧 잠들었다. 그사이 누군가의 발소리가 들려왔다. 분명 발소리였다.


꿈에서도 그는 줄곧 차에 기름을 넣었다. 수십 대의 차, 아니 수백 대의 차가 멀리서 다가왔다. 노동이 계속되어야 한다면. 그게 인생이라면. 그런 생각을 할 때마다 그는 자주 불안을 느꼈다. 아이는 순환선 열차를 타고 그에게 왔다.

"돌봐줄 사람이 그렇게 없나?"

사장은 아이가 찾아오는 걸 탐탁지 않게 여겼다.

"없습니다."

"좋아. 허락은 하겠네. 단 말썽을 피워서는 곤란해."

사장은 아량을 베푼다는 듯 기를 쳐다보았다. 적어도 아이는 문제를 일으키지 않았다. 또래 아이들보다 말수가 적고 차분했다.

"탄."

그는 아이의 이름을 불렀다.

작고 메마른 아이. 바람이 많이 부는 날이면 아이는 사무실로 들어가 새벽까지 TV를 봤다. 며칠째 뒤늦은 폭설이 내리고 있었다. 그는 짜증 섞인 눈빛으로 흩날리는 눈발을 바라보았다.

먹고 자는 일은 그에게 어떤 즐거움도 주지 못했다. 월급은 노동량에 비해 턱없이 적었다. 월급날이 다가올수록 사장은 예민해졌다. 그때마다 직원들은 사장의 심기를 건드리지 않기 위해 애를 써야만 했다. 기 역시 조심했다.

"사장의 눈 밖에 나선 안 돼!"

기는 아이에게 말했다. 차가운 말투였다. 아이는 별다른 대답을 하지 않았다. 고기를 몹시 좋아하는 사장은 비만인 데다 당뇨를 앓고 있었다. 회식 때에도 그는 늘 고기만 먹었다. 그런 그의 모습은 어딘지 좀 불안해 보였다. 고기 중독자. 부인에게 이혼을 당한 뒤 저렇게 되었다고 누군가 속삭였다. 불행한 고기 중독자. 기는 경멸하는 눈으로 사장을 바라보았다. 사실 기는 먹고 싶은 게 별로 없었다. 고기든 야채든 도무지 입맛에 맞지 않았다. 어느새 꼬챙이처럼 말라가고 있었다.

"이것 좀 봐. 뼈만 남은 것 좀 봐."

사장은 직원들 앞에서 비꼬듯 말했다. 기는 어떤 말도 할 수 없었다. 불면으로 고생하고 있다는 말 같은 건 하지 않았다. 사장은 기의 팔뚝을 꼬집더니 다시 먹는 일에 열중했다.

기가 잠들어 있는 시간은 세 시간 남짓에 불과했다. 대개 새
벽 6시에 잠들어서 오전 9시에 깨어났다. 피로와 권태와 허무
와 짜증은 늘 그의 몫이었다. 영양 보충도 제대로 되지 않아 그
는 자주 현기증을 느꼈다. 심신이 약해지고 있었다. 뭔가 자극
이 필요했다. 세상에서 고립되고 있는 건 아닌가, 그는 늘 의심
했다. 많은 양의 노동을 해도 그런 생각이 드는 건 어쩔 수 없
었다. 그는 다시 눈을 감았다.

\*

그 시간. 기가 잠들어 있는 시간.

로가 계단을 내려간다.

엘리베이터가 있다면.

처음부터 로는 이 계단이 마음에 들지 않았다. 하지만 그의
형편으론 고층 아파트로 이사를 갈 수 없었다. 그저 빛이 들어
오지 않는 지하 방에 살면서 하루하루를 보낼 수밖에 없었다.
그래도 처음보다는 이곳에서 지내는 게 많이 익숙해졌다.

오래전에 로는 이곳으로 이사를 왔다. 그동안 수많은 사람
들을 목격했다. 가난한 신혼부부, 외국인 노동자, 사고로 부인
을 잃은 남자, 아이를 버리고 가출한 젊은 여자. 그들은 천천히
계단을 내려갔다. 그들의 얼굴엔 저마다 피로가 고스란히 묻어

있었다. 로는 그들에게 연민을 느끼지 않았다. 그건 로의 몫이 아니었다. 로는 인간이 느끼는 감정 따윌 믿지 않았다. 철저하게 그것을 불신했다. 슬픔이나 연민을 느끼며 인생을 살고 싶지 않았다. 그러나 딱 한 번, 로를 괴롭힌 사건이 있었다.

로의 옆집.

1년 전, 그곳에 살던 소녀 한 명이 처참하게 살해되었다. 열 살을 갓 넘긴 소녀는 인근의 창고에서 불에 탄 채로 발견되었다. 로는 소녀의 얼굴을 또렷이 기억했다. 소녀의 부모가 일터로 나가면 소녀는 혼자 방에서 TV를 보며 시간을 보냈다. 어느 저녁 무렵, 소녀의 집에 침입한 괴한이 소녀를 창고로 끌고 갔다.

초기에 이 사건을 수사하던 경찰은 같은 건물에 사는 사람 중 한 명이 범인일 거라고 추측했다. 결국 얼마 가지 않아 로를 범인으로 지목했다. 경찰은 끈질기게 로를 괴롭히며 추궁했다.

"저 사람, 저 사람이에요!"

로가 천천히 계단을 내려갈 때 괴물이라도 봤다는 듯 여자가 소리쳤다. 같은 건물에 사는 여자가 경찰에 신고했다는 것을 로는 알고 있었다. 몇 달 전에 이사를 온 여자. 마주칠 때마다 기겁을 하며 뒷걸음치는 여자. 그 여자가 무엇 때문에 그런 행동을 취하는지 로는 알고 있었다.

로는 늘 목발에 의지한 채 계단을 내려갔다. 그에겐 한쪽 다리가 없었다. 계단 밑에 서 있던 여자는 그런 로를 보고 소스라치게 놀라곤 했다. 하지만 여자에게도 수상한 점은 있었다. 여자는 자주 현관문을 열고 주위를 살폈다. 사람들이 나타날 때마다 뭔가 기대를 하다가 이내 실망을 했다. 여자의 얼굴은 늘 창백했다. 몸무게는 43킬로그램 정도. 가슴은 빈약했고 엉덩이엔 살이 없었다. 어딘지 모르게 한없이 예민해 보였다.

어느 날 로가 외출을 하고 돌아오는데 어둠 속에 있던 여자가 소리쳤다.

"제발, 의족이라도 차고 다녀요!"

그것은 절규에 가까웠다. 하지만 로는 신경 쓰지 않았다. 의족이라니. 우스웠다. 소녀가 살해당한 뒤 경찰은 같은 건물에 사는 사람들에게 로에 대해 질문했다. 평소에 이상한 행동을 보인 적은 없는가. 수상한 점은 없는가. 경찰은 끊임없이 캐물었다. 그들이 어떤 대답을 했는지 로는 아는 게 없었다. 다만 그들 모두가 저 여자처럼 예민하게 반응하지는 않았을 것이다. 여자는 자신에게 닥친 모든 불행이 로에게 있다는 듯 지나치게 그를 경계했다. 저런 모습으로 타인의 사랑을 받는 건 힘들 것이다. 그래, 저런 얼굴로는.

옆집 소녀의 죽음은 로의 가슴에도 상처를 남겼다. 목발을 짚고 다닐 때마다 로는 옆집 문을 힐끔거리며 쳐다봤다. 소녀가 죽었다고 해서 그 집이 두렵지는 않았다. 만약 괴한이 소녀의 집이 아니라 로의 집으로 들어왔다면 꼼짝없이 당하고 말았을 것이다. 그래, 만약 그랬다면. 순간 무수히 많은 죽음들이 로의 머릿속에 떠올랐다.

물론 언젠가 로도 죽게 될 것이다. 그것은 너무도 자명한 세상의 이치였다. 그러나 도무지 알 수 없는 게 있었다. 언제나 그랬듯 로를 경멸하고 의심하고 추궁했던 사람들은 로보다 먼저 세상을 떠났다.

그들 중 누군가는 치매에 걸리거나 교통사고로 사망하거나 바닷가에서 실종되었다. 로가 먼저 누군가를 경멸하거나 증오한 적은 없었다. 그에겐 장애가 있었지만 삶을 지속시켜나가는 데 큰 걸림돌은 되지 않았다. 오히려 장애는 그에게 지나친 자신감을 부여했다.

로는 자신의 걸음걸이가 불안정하기보다는 반항적이라고 생각했다. 남들과는 다른 독특한 걸음이 자신의 매력이자 개성이라고 생각했다.

그는 자주 양복바지를 입고 세상으로 나가 자신의 장애를 노출시켰다. 사람들은 그런 로를 보며 불쾌하다는 표정을 지었다. 그때마다 로는 극심한 쾌감을 느꼈다. 사람들이 다시 한 번 뒤돌아볼 때 그의 성기는 천천히 발기했다.

섹스만이 인간을 흥분시키는 건 아니었다. 물론 로는 섹스 그 자체를 좋아했다. 그러나 그는 섹스보다는 섹스가 끝난 후의 평화를 더 좋아했다. 기회가 되면 계속 누군가와 몸을 섞고 싶었다. 여자든 남자든 상관없었다. 어린 사람이든 늙은 사람이든 상관없었다. 어린 사람은 그 나름대로의 즐거움이 있었고 늙은 사람 또한 마찬가지였다. 누구와 함께 있든지 로는 상대에게 예의를 갖췄다. 여자를 안고 난 후면 온기가 식지 않게 오래 안아주었고 남자를 안고 난 후면 상대가 자신감을 잃지 않도록 칭찬을 아끼지 않았다. 그건 로가 살아가는 방식이었다. 여러 사람을 만났지만 그중에서 좀처럼 잊을 수 없는 상대도 있었다. 그 얘기를 하려면 독한 술이라도 한잔 마셔야 할 것이다. 그것은 아주 오래전 일이었다. 그날로부터 아주 먼 곳으로 흘러왔다고 로는 생각했다. 그래, 누구에게나 한 번쯤은 그런 기억이 있는 법이지.

로는 대범하게 자신의 과거와 마주하고 싶었다. 그 사람도 나를 기억할까. 아니, 그럴 리가 없다고 로는 애써 부정했다. 이제는 누구에게도 특별한 존재가 되고 싶지 않았다. 그런 관계가 되는 것은 원하지 않았다. 누구에게도 슬픔을 주고 싶지 않았다. 벌써 늙어버린 걸까.

옆집을 지나면서 로는 천천히 걸음을 멈추었다. 이삿짐을 나르는 사람들이 보였다. 한 남자와 사내아이. 그들은 로를 보고도 두려워하지 않았다.

로는 아이를 보면서 살해된 소녀를 떠올렸다.

또다시 아이라니.

사내아이는 소녀처럼 명랑하지도 않았다. 천진함 따윈 찾아볼 수도 없었다. 로는 잠시 불안을 느꼈다.

"목발."

눈앞에 아이가 서 있었다.

"지금 뭐라고 했지?"

"목발이요."

"그래, 이건 목발이지."

로는 천천히 말을 이었다. 잠시 후 로는 한쪽 목발을 아이에게 건네주었다. 아이는 잠시 망설이더니 목발을 이리저리 휘둘렀다.

"이렇게 팔에 끼우고."

아이가 말했다.

"걸어요. 계속 걸어요."

로는 아이의 행동을 유심히 지켜보았다.

"다리를 다쳤을 때 목발을 짚고 다녀요."

"그래, 그럴 경우 목발을 사용하지."

로가 대답했다. 아이는 로에게 목발을 내밀었다.

"걸어요. 어서 걸어요."

로는 목발을 짚고 아이를 지나쳤다. 한 남자가 짐을 들고 계단을 내려오고 있었다. 그는 혼자가 아니었다. 건장한 체구의 사내와 함께 소파를 옮기고 있었다.

"조심, 조심해야 해요! 긁히면 안 되니까."

남자는 귀한 물건이라도 된다는 듯 건장한 사내에게 몇 번이나 주의를 주었다. 하지만 정작 그렇게 말하는 남자는 힘을 쓰지 못했다. 로는 뼈만 남은 남자의 몸을 재빨리 훑어보았다. 그리고 얼굴을 살폈다. 아이와 닮은 구석이라곤 찾아볼 수 없었다. 친자식이 맞는 걸까. 로는 쓸데없는 생각에 사로잡혔다.

"이봐요. 저리 좀 비켜요."

갑자기 남자가 로를 밀쳤다. 로는 목발을 떨어뜨렸다. 그들이 들고 있는 소파는 지나치게 커 보였다. 그에 비해 현관문은 좁은 편이어서 소파가 쉽게 들어갈 것 같지 않았다. 저런 건 그냥 버리고 와도 좋았을 것을. 한낱 쓰레기를 안고 오다니. 지나친 참견이라는 걸 알면서도 로는 혼잣말을 했다. 그리고 조용히 집으로 들어왔다. 밖은 여전히 소란스러웠다.

로는 옷을 벗고 따뜻한 물로 샤워를 했다. 비록 한쪽 다리는 없지만 그의 상체엔 단단한 근육이 붙어 있었다. 흠잡을 데가 없는 멋진 몸이었다. 로는 자신의 육체에 도취되었다. TV에 나오는 배우들보다 자신이 더 아름다워 보였다. 지나친 자신감일까. 아니면 오만함일까. 로에겐 자유분방함, 야생성, 타락 같은 것들이 있었다. 지금 이 순간 누군가에게 벗은 몸을 숨김없이 보여주고 싶었다.

기다렸다는 듯 로는 천천히 아랫도리를 문질렀다. 살아 있다는 것은 이런 것인가. 그런 생각을 하자 서서히 흥분이 되었다. 로는 자신의 존재가 한없이 사랑스러웠다. 인간은 왜 자학을 하며 끊임없이 스스로를 괴롭히는 걸까. 현재에 만족하지 못하고 불행을 느끼는 걸까. 알고 보면 인간은 얼마나 사랑스러운 존재인가. 쓸데없는 감상만 끼어들지 않는다면.

차라리 자학하는 것보다는 스스로에게 감탄하는 편이 나을 것이다. 로는 나르키소스를 얼마든지 이해할 수 있었다. 스스로를 괴롭히고 모멸해봤자, 그 끝은 언제나 죽음이고 파멸이었다. 멀쩡한 육체를 지니고 있으면서도 불만을 품고 욕망에 허덕이는 자들. 더 갖지 못해서 좌절하는 자들. 알고 보면 그들은 더없이 가엾은 자들이 아닌가. 그건 로가 본 인간의 모습이었다.

샤워를 마친 로는 식탁 앞에 앉아 독주를 마셨다. 외롭다는 생각은 들지 않았다. 로는 자신이 어떤 인간들에게 끌리는지 알고 있었다.

좌절한 자들. 인생에서 실패한 자들. 욕망에 허덕이다가 결국 자신이 만들어놓은 덫에 빠지는 자들. 타락한 자들. 금기를 넘어서는 자들. 방탕한 자들. 추락하는 자들. 죄책감을 느끼지 못하는 자들. 쉽게 조롱하고 분노하는 자들. 그들은 로가 사랑한 인간의 유형이었다.

하지만 타인을 공평하고 거짓 없이 대해도 늘 어느 정도의 좌절감은 찾아왔다. 그럴 때면 로는 조용히 술을 마셨다. 술은 인간에게 자유를 선사했다. 로는 어릴 적부터 자신이 술을 마시게 될 거라고 생각하지 않았다. 취해서 비틀거리고 흐트러지는 모습을 누구에게도 보여주고 싶지 않았다. 그러나 언제부턴가 그 역시 비틀거리며 걷고 있었다. 로는 자신을 위해 한 잔을 더 마셨다.

그때 누군가 문을 두드렸다. 이 시간에 대체 누굴까. 로는 술병을 들고 자리에서 일어섰다. 목발에 의지한 채 앞으로 나아갔다. 로는 누구냐고 묻지 않았다. 저쪽에서도 반응이 없었다. 조심스럽게 문을 열었다.

거기엔 이사 온 아이가 서 있었다.

"무슨 일이지?"

로가 물었다.

아이는 로가 들고 있던 술병을 쳐다보았다. 그러더니 갑자기 뭔가를 내밀었다. 로의 집 열쇠였다. 열쇠를 밖에다 꽂아두고 그냥 들어온 것이다. 로는 재빨리 열쇠를 건네받았다.

"술이요."

아이가 중얼거렸다.

"혼자 마셔요?"

"그래, 술은 혼자 마셔야지."

대답이 끝나기도 전에 아이는 사라졌다. 로는 그 자리에 가만히 서 있었다. 저 아이는 모르겠지. 저 집에서 살인 사건이 일어났다는 것을. 그러니 저렇듯 두려움 없는 얼굴로 다니는 거겠지. 하지만 조만간 아이도 알게 될지도 모른다. 그렇게 된다면 기겁을 하게 될지도. 그 순간 어디선가 비명이 들려왔다. 로는 복도로 나갔다. 아무도 없었다. 로는 주위를 둘러보다가 다시 집으로 돌아와 남아 있는 술을 다 마셨다. 결국 그는 식탁에 엎드려 잠을 청했다.

그 시간. 로가 잠들어 있는 시간.

여는 소스라치듯 놀라며 깨어났다. 불길한 꿈을 꾼 것이다. 누군가 자신의 목을 조르고 있었다. 소리를 지르며 발버둥 쳤지만 소용없었다.

며칠째 비슷한 꿈을 꾸고 있었다. 그녀는 자리에서 일어나 주위를 둘러보았다. 무엇보다 외부의 침입이 두려웠다. 이 집에서 살해당할지도 모른다는 두려움. 1년 전, 옆집에 사는 소녀가 살해당한 뒤 그녀는 자주 악몽을 꾸곤 했다. 괴한의 차가운 손길. 여는 자신의 목을 감싸던 낯선 손길을 떠올렸다.

이럴 때 사내라도 옆에 있다면.

새끼손가락이 없던 그 사내가 옆에 있다면.

그에게 이 모든 불안을 숨김없이 다 말해버리고 싶었다. 새벽마다 시달리는 정처 없는 외로움에 대하여, 신열에 대하여, 한 소녀의 죽음에 대하여, 악몽과 불길함에 대하여 다 말해버리고 싶었다.

어느 날 여는 사내에게 털어놓은 적이 있었다. 정작 사내는 아무렇지도 않은 듯 그 말을 흘려들었다.

"너무 예민하게 굴지 마. 난 이 집이 마음에 들어."

사내는 따끔하게 혼을 내듯 말했다.

정말 그럴까. 그녀는 그 말을 오해해서 들었다.

이 집이 마음에 든다.

이 집에 살고 있는 여, 네가 마음에 든다.

여는 희미하게 웃었다. 사내의 얼굴이 흐릿하게 보였다. 시력이 점점 나빠지고 있었다. 하지만 그녀는 안경을 끼지 않았다. 사내의 얼굴을 흐릿하게 보고 싶었다. 그녀 자신이 만들어놓은 환상, 허상 그 안에서 한 발짝도 나아가지 않았다. 사내를 사랑하긴 하는 걸까. 아니 환상을, 거짓을, 잡을 수 없는 것을 사랑하는 게 아닐까. 어쩌면 다 아닐지도 모른다.

폭우가 쏟아지는 날이면 그녀는 그를 기다렸다.

그때마다 그녀는 전화기 앞으로 다가갔다.

"여보세요?"

"지금 가고 있어."

사내가 차갑게 대꾸했다.

"어디쯤이죠?"

"가고 있다니까."

사내는 같은 말을 되풀이했다. 짜증 섞인 말투였다. 대체 어디에서 어디로 가고 있다는 건가. 제대로 전화를 건 게 맞는 걸까. 혹시 다른 사람에게 전화를 건 게 아닐까. 대체 그는 여의 몇 번째 사내일까. 1년 전 폭우가 쏟아지던 이맘때 자신을 찾아온 사내. 그리고 조금 전 통화를 한 사내. 갑자기 그녀는 헷갈리기 시작했다. 그들의 가슴에 명찰이라도 달아주고 싶었다.

그녀에겐 어떤 기억이 있었다. 폭우가 쏟아지던 날, 버림받은 기억이 있었다.

갓 태어난 여는 폐차장에서 발견되었다. 죽지 않고 살아난 건 거의 기적이었다. 따뜻한 날에 버린 것도 아니고 사람들이 많이 오가는 날에 버린 것도 아니었다. 아이를 그대로 죽게 만들려는 게 틀림없었다. 그런 여를 발견한 사람은 동네 주민이었다.

나이 오십을 갓 넘긴 중년 여인은 저녁 무렵이면 폐품을 수거하러 다녔다. 물론 그날은 비가 많이 쏟아졌기에 폐품을 수거할 수도 없었다. 이리저리 갈 곳이 없던 여인은 우산을 쓰고 폐차장 근처를 기웃거리다가 울고 있는 아기를 발견했다. 여인은 버림받은 아기에게 '여'라는 이름을 붙여주었다. 그리고 몇 년 동안 아기를 맡아서 키웠다.

중년 여인은 말수가 적은 데다 오랫동안 우울증을 앓고 있었다. 남편이 일찍 병으로 죽은 뒤 시어머니와 함께 살았는데, 시어머니의 성격이 상당히 고약해서 여인은 제대로 기를 펴지 못했다. 여인이 여를 버릴 수밖에 없었던 것은 시어머니의 구박과 잔소리, 멸시 때문이었다.

유년 시절 여에겐 좀처럼 행운이 따라주지 않았다. 어린 시절 그녀는 어떤 불길함이 앞날에 펼쳐져 있다고 느꼈다. 불행 속에서 오래 산 사람은 불행을 받아들이기 쉬운 법이었다. 그에 비해 행복은 좀처럼 받아들이지 못했다.

아홉 살이 되던 해 그녀는 다른 집으로 보내졌다. 중년 여인의 큰오빠 집이었다. 나머지 형제들은 다 죽고 큰오빠만 남아 있었다.

큰오빠라는 늙은 사내는 비좁은 집에서 혼자 살고 있었다. 평생 결혼도 하지 못하고 자식도 없었던 사내. 그는 오랫동안 당뇨를 앓고 있었다. 그녀가 누군가의 보살핌을 받는 건 불가능해 보였다. 오히려 늙은 사내를 간호해야 할 것 같았다. 그런 불길한 예감은 빗나가지 않았다.

늙은 사내에겐 새끼손가락이 없었다. 공장에서 일을 하다 사고를 당한 그는 실패한 얼굴로 하루하루를 살아가고 있었다. 무기력함이 얼마나 끔찍한 것인지 어린 시절의 여는 깨달았다. 시어머니의 멸시를 받으며 폐품을 수거하러 다니던 여인이나 늙은 사내나 별반 다를 게 없었다.

이곳에 있어도 저곳에 있어도 삶은 크게 달라지지 않았다. 어릴 적 그녀의 얼굴은 늘 창백했다. 늙은 사내는 여가 요절이라도 하지 않을까 몹시 걱정했다. 객사라도 하면 여동생을 볼 면목이 없을 것만 같았다. 그러나 늙은 사내의 걱정을 배반하듯 여는 끝내 살아남았다. 결국 중년 여인이 먼저 세상을 떠났다. 고통 없는 조용한 죽음이었다. 가난하고 불행하게 살다 간 동생의 죽음 앞에서 늙은 사내는 구슬프게 울었다. 통곡을 하던 그의 모습은 여의 기억 속에 오래 남았다.

죽음. 그 앞에서 단 한 명이라도 슬프게 울어준다면.

하지만 여에겐 그럴 만한 사람이 없었다. 가족도 심지어 친구도 없었다. 여인이 떠난 후 늙은 사내도 곧 숨을 거두었다. 사내의 유언대로 그녀는 그의 유골을 바다에 뿌렸다. 춥지는 않을까. 그런 생각을 할 겨를도 없었다. 그녀가 서 있는 곳이나 바다나 추운 건 마찬가지였다. 유골을 뿌리던 날, 모처럼 많은 비가 내렸다. 더러운 비였다. 입속으로 자꾸만 모래알들이 들어왔다. 그녀는 삶을 증오하면서 하염없이 바닷길을 걸었다. 어둠이 내리자 바다가 갑자기 무서워졌다.

그녀는 누구에게도 그때의 일을 털어놓지 않았다. 도무지 말할 수 없었다. 그런 얘기를 듣게 된다면 누구든 뒷걸음칠 게 분명했다. 그래도 가끔은 단 한 명이라도 좋으니 그때의 일들을 모두 말해버리고 싶었다. 그때부터 그녀는 누구에게 고백하면 좋을지 상대를 탐색했다. 이 사내가 좋을지 아니면 저 사내가 좋을지 고심했다. 그들에게서 어떤 대답을 듣고 싶은 건가.

동정을 바라는 건가. 아니면 연민을 구하는 건가. 적어도 사랑 그 자체만은 아니었다. 폐차장에서 발견된 여는 도무지 사랑을 믿을 수 없었다.

그동안 만났던 사내들은 고작 그녀의 몸만을 탐했다. 물론 여도 사내들의 몸을 탐했다. 잠자리를 할 때마다 자주 폭풍 소리를 들었다. 어디선가 폭풍이 몰려오고 있었다. 동쪽으로. 아니 서쪽으로. 그녀는 이쪽으로 가야 할지 저쪽으로 가야 할지 고민했다. 그때마다 수화기를 제대로 놓았는지 확인해야만 했다. 그리고 전화기가 고장 난 것은 아닌지 의심했다. 쓸데없는 의심이라는 걸 알면서도 자꾸만 신경이 쓰였다.

사내는 지금 어디에 있는 걸까. 멀리서 다가오는 폭풍 때문에 길을 잃은 건 아닐까. 지독한 안개 때문에 머뭇거리고 있는 거라면. 그녀는 씁쓸하게 입맛을 다셨다. 물론 지금 다가오고 있는 사내 역시 그녀의 과거를 알지 못했다. 만약 알게 된다면 사내 역시 도망을 칠 게 분명했다.

언젠가 사내는 이렇게 중얼거린 적이 있었다.

"수지, 넌 좋은 유전자를 가지고 있어."

그녀는 그의 말을 알아들을 수 없었다.

"섹스 잘하는 걸 봐. 틀림없어."

순간 그녀는 깊은 외로움을 느꼈다. 그 무엇도 침범할 수 없는 외로움이었다. 어디로도 달아날 수 없는 외로움이었다. 아니 그것은 외로움이 아니라 고통이었고 수치였고 모멸이었다. 그 말을 내뱉은 사내는 한동안 입을 다물었다.

사내는 그녀를 수지라고 불렀다. 여라는 이름을 알지 못했다. 누구에게도 그 이름은 알려준 적이 없었다. 사내가 바뀔 때마다 그녀의 이름은 수시로 바뀌었다. 그녀는 누구보다 변신에 능했다. 한동안 수지라는 이름으로 살겠지만 그게 언제까지 지속될지 알 수 없었다.

수지.

부드러우면서도 어딘지 모르게 오만하게 느껴지는 이름이

었다.

　지금껏 만나온 사내들은 지나치게 차갑고 오만한 데가 있었다. 동시에 비겁하고 나약했다. 그들은 그녀를 제외한 다른 사람들에겐 한없이 친절했다. 그런 사내들에게 끌렸던 건 그들의 비겁함과 위선 때문이었다. 하지만 그녀는 그들을 비난하지 않았다. 여가 사내들에게 갈구한 것은 사랑이 아니라 모멸이자 학대였다. 정신적으로 학대하는 사내일수록 더 마음이 끌렸다. 슬픔과 쾌락에 빠지는 건 어쩔 수 없었다. 그건 아주 위험한 성향이었다. 계속 그렇게 살다가는 비극적인 인생의 종말을 맞을 수도 있었다. 정신병원에 감금된 채로 쓸쓸히 노년을 맞을 수도 있었다. 누군가 그녀의 목을 조를 수도 있었다.

　그런 생각을 할 때마다 그녀는 자신을 키워준 여인과 그 여인을 구박하고 멸시하던 여인의 늙은 시어머니를 떠올렸다. 그런 방식으로 관계를 맺을 수밖에 없었던 건 어릴 적의 환경 때문이었다. 그들의 관계. 그리고 깊은 침묵. 그들과 함께한 것은 비록 10년 남짓에 불과했지만 그때 받은 학대의 느낌은 생생하게 남아 있었다. 여인의 늙은 시어머니는 여에게도 숱한 모욕감을 주었다. 어릴 적 그녀는 온갖 욕설을 들어야 했다. 그들이 만들어놓은 세계엔 남성이 부재했다. 철저히 여성들로만 이루어진 세계였다. 신이 만들어놓은 인간 세계의 질서와 조화를 깨뜨린 그곳에는 질투와 미움, 신경질과 시기, 탐욕만이 가득했다. 함께 모여서 식사를 할 때에도 침묵이 지속되었다. 어린 시절의 여는 그 시간을 견디지 못했다.

이후 여인의 큰오빠에게 보내졌을 때 그녀는 해방감을 느꼈다. 그는 아버지인 동시에 애인이자 환자였고 보호자였으며 동시에 그림자였다. 그는 삶의 버팀목이나 지지자가 되어주지는 못했지만 숨통을 틔워주는 역할을 했다. 여자들의 세계에서 빠져나온 것에 대해 여는 몹시 안도했다. 그 모든 것은 여가 지나온 시간들이자 흔적이었다.

그리고 아주 많은 시간이 지나갔다. 그렇다면 이제 살아남은 것에 대해 안도해야 하는가. 알 수 없었다. 그 후 이 건물로 이사를 오게 되었다.

시간이 날 때마다 그녀는 폐차장 근처를 기웃거렸다. 버려진 타이어, 깨진 유리창, 사고의 흔적이 남아 있는 차들을 쉽게 찾아볼 수 있었다. 사람이 없을 때마다 그녀는 빈 차의 내부를 살폈다. 하루라도 빨리 아이를 낳고 싶었다. 폐차장 안에서 한껏 다리를 벌린 채 생명체를 끄집어내고 싶었다. 의사나 간호사의 도움 없이 축복의 순간을 혼자 지켜보고 싶었다.

지금까지 그녀는 네 번의 유산을 했다. 뜻하지 않은 자연유산이었다. 이후 폐차장 근처로 이사를 다녔다.

기온이 뚝 떨어지는 습한 날, 사람들이 좀처럼 외출을 하지 않는 날, 그녀는 인생에 특별한 의미를 부여하고 싶었다. 유산을 반복하는 것에 대해 산부인과 의사는 경고한 적이 있었다. 산모의 불안한 심리에 대해, 제대로 안정을 취하지 못하는 환경에 대해 지적하던 의사는 얼굴을 찡그렸다. 그녀는 병원을 찾은 것을 후회했다. 의사는 그녀에게 심리치료를 받을 것을 조심스럽게 권했다. 의사의 말과 눈빛을 지켜보는 것은 힘든 일이었다.

시간은 많지 않았다. 적어도 폐경 전까지 아홉 명의 아이를 낳고 싶었다. 그 아이들을 차에 태운 뒤 멀리 달아나고 싶었다. 되도록 성별은 반반씩이기를 바랐다. 남녀의 조화를 이루고 싶었다. 하지만 삶은 늘 배반의 연속이어서 뭔가를 기대했다가는 뒤통수를 맞기 일쑤였다. 그녀는 그것을 잘 알고 있었다. 그동안 세운 계획이 무산될 때마다 그녀는 자주 실의에 빠졌다. 하지만 방황의 시간은 길지 않았다. 어릴 적에 겪은 파탄의 기억. 그것이 한편으론 그녀를 모질게 만들었다. 대부분의 상처는 인간을 강하게 만드는 법이었다. 그러나 어떤 상처는 치명적이어서 인간을 추하게 만들기도 했다.

어쨌든 빠른 시간 내에 임신을 하고 싶었다. 그런데 요즘은 평소보다 예민해지고 짜증이 늘어가고 있었다. 게다가 자꾸만 신경이 쓰이는 사람이 있었다.

계단을 오가는 한 사람.

어둠 속에서 한쪽 다리가 없는 사람을 봤을 때, 그녀는 소스라치게 놀라고 말았다. 도무지 불쾌한 감정을 숨길 수 없었다. 사람을 놀라게 했으면 사과라도 해야 할 텐데. 어둠 속에 있는 그자는 아무 말도 하지 않았다. 무관심한 눈길을 보이다가 말없이 지나갈 뿐이었다. 동네 사람들의 말에 의하면 그자가 이 건물에서 가장 오래 살았다고 했다. 그렇다면 텃세라도 부리는 건가. 더는 그자의 얼굴을 보고 싶지 않았다. 목발 소리도 너무 지겨웠다.

"이봐요. 의족이라도 차고 다녀요."

여는 소리쳤다. 그 순간 그자는 무슨 생각을 했을까. 예민하고 짜증나는 여자라고 생각했겠지. 목발 소리와 의족 소리가 별 차이가 없다는 걸 알면서도 그녀는 그자를 볼 때마다 으르렁거렸다. 그는 어딘가 모르게 그녀를 자극했다. 그때마다 그녀는 위협과 공포를 느꼈다. 저자를 조심해야 한다. 마치 마귀라도 본 듯 그자를 쏘아보았다. 사실 그자가 직접적으로 위협을 가한 적은 없었다. 목발을 휘두른 적도 없었다. 하지만 찢어진 눈매와 창백한 얼굴, 불균형한 걸음걸이는 언제나 그녀를 불쾌하게 만들었다. 건물에 사는 소녀가 괴한에게 습격당했을 때, 여는 그자가 범인일 거라고 단정 지었다. 경찰에 신고한 것도 그녀였다. 하지만 범인이라는 물증은 어디에도 없었다. 순전히 직감일 뿐이었다. 결국 그자는 곧 풀려났다. 정확히 한 달 뒤 범인이 잡혔을 때 그녀는 이 세계 어딘가에 자신이 알지 못하는 숨겨진 음모와 거래가 도사리고 있다고 여겼다.

어쨌든 범인이 그녀의 집에 침입하지 않은 건 정말 다행이었다. 그런 죽음이라니. 단 한 번도 상상해본 적이 없었다. 삶에 복수하기 위해선 오래 살아남아야 했다. 개같이 살아남아서 복수해야만 했다. 그렇다면 누구에게? 그것은 단지 막연한 대상에 불과했다. 그녀는 타인을 지나치게 경계하고 의심하고 차단했다.

빗소리를 듣기 위해 그녀는 좀더 귀를 기울였다. 만약 이대로라면 1년 내내 폭우가 쏟아져도 좋을 것 같았다. 홍수가 나도 좋을 것 같았다. 사람들이 대피를 한다면. 그래, 그런 상황이 온다면. 도시 전체가 마비된다면. 사내는 더없이 바빠질 것이다. 고된 노동과 과중한 업무 때문에 짜증을 낼 수도 있었다.

언제 어디서나 사내를 찾는 전화벨은 자주 울렸다. 전화를 받는 그의 말투는 냉랭했다. 적어도 머뭇거리는 법이 없었다. 사내의 직업은 경찰관이었다. 그는 줄곧 검은 장갑을 착용했다. 동료들과 커피를 마실 때에도 범인에게 수갑을 채울 때에도 그는 검은 장갑을 빼지 않았다. 게다가 잠자리에서도 검은 장갑을 착용했다.

사내는 침대에서 그녀의 목과 젖가슴을 만졌고 거뭇한 음모를 쓰다듬었다. 그때마다 그녀는 재채기를 했다. 사내의 얼굴에 침이 튀었다. 사내는 아주 불쾌하다는 듯 검은 장갑으로 얼굴을 문질렀다. 심지어 그는 성당에서도 장갑을 끼고 성호를 그었다. 사내에게 종교가 있다는 건 좀 뜻밖이었다. 그는 신에게 무릎을 꿇고 과거를 반성할 수 있는 인간이 아니었다. 적어도 그런 행동을 취했다면 그건 하나의 위선에 불과했을 것이다. 사내는 아주 특이한 남자였다. 여는 그에게 남과 다른 확실한 개성을 부여하고 싶었다. 그래서 어느 날 이런 요구를 했다.

"나에게 올 때는 장화를 신고 와요. 귀찮더라도 신고 와요."

사내는 대꾸하지 않았다. 어릴 적, 여를 맡아서 키웠던 늙은 사내는 늘 장화를 신고 다녔다. 그 모습은 그녀의 기억 속에 오래 남아 있었다. 지난번 폭우 때에도 사내는 그러겠다고 대답만 했을 뿐 정작 찾아오지 않았다. 대신 이런저런 핑계를 댔다.

"갑자기 일이 생겼어."

"요즘 일이 너무 많아."

"수지, 하루라도 좀 편하게 쉬고 싶어."

사내는 늘 투정과 엄살을 부렸다. 그의 말에는 직업에 대한 자부심이 배어 있었다. 사내는 인간 세계에 대해 극심한 편견을 갖고 있었다. 그는 가난한 자들을 경멸하고 무시했다. 하층민에 대한 증오심마저 갖고 있었다. 그들이 언제나 사회에 대해 불평과 비난만 일삼다가 결국 범죄를 저지른다고 사내는 주장했다.

"그런 쓰레기들을 처단하는 방법이 뭔지 알아?"

"방법이 있나요?"

"철저히 밟아 죽이는 수밖에 없어."

사내는 참을 수 없다는 듯 말했다.

그는 히틀러의 권위와 잔인함을 동경했다. 이 나라와 세계를 구원하기 위해서는 거대한 전쟁이 다시 한 번 일어나야 한다고 주장했다. 도시 곳곳에 폭탄이 터지고 도로가 침수되고 매몰되고 지각 변동이 일어나 많은 사람들이 죽어야 한다고 주장했다. 그런 후에 새로운 국가를 다시 세워야 한다고 했다. 물론 이런 위험한 생각을 남들에게 털어놓은 적은 없었다. 사내의 야만성. 거침없는 언행. 그의 어린 시절이 누구보다 혹독하고 잔인했을 거라고 그녀는 짐작했다. 그건 누군가 말해주지 않아도 알 수 있는 것이었다. 그의 부모는 약탈을 일삼다가 결국 말년을 추운 감옥에서 보냈을 거라고. 그들보다 우월하다는 것을 입증하기 위해 사내는 경찰관이라는 직업을 택했을 거라고 그녀는 생각했다.

어느 날 사내는 악을 처단해야 한다고 말했다. 대체 악이란 무엇인가. 사내는 도시 전체가 감옥으로 변하기를 바랐다. 범죄자들을 감옥에 집어넣을 때마다 그는 극심한 쾌감과 흥분을 느낀다고 했다. 다른 동료들보다 범죄자들을 더 많이 잡기 위해 동분서주했다. 다른 동료들에게 먼저 포상이 주어졌을 때 사내는 몹시 불안한 표정을 지었다. 언제까지나 그런 방식으로 살게 될 거라고 여는 짐작했다.

악은 어디에나 있다.

그녀는 사내의 말을 떠올렸다.

순결한 악. 그것은 그녀의 내면과 사내의 내면 모두에 도사리고 있었다. 그렇다면 그의 육체를 고스란히 받아들이는 그녀 자신은 누구인가. 악의 밑에 깔려 있는 자. 악의 밑에서 허덕이는 자. 발버둥 치는 자.

고작 그의 정액을 받아내는 존재에 불과한가. 물론 임신을 하기 위해선 정액이 필요했다. 그런 의미에서 그들은 최상의 동업자였다. 그보다 완벽한 동업자는 어디에도 존재하지 않았다. 만약 그가 먼저 배반을 한다면 그녀는 또 다른 정자를 찾아내기 위해 차갑게 돌아설 수도 있었다.

그런 의미에서 사랑은 철저하게 부재했다. 부재한 사랑은 허탈함만을 동반했다. 물론 여의 모습이 사내에게 집착을 하는 것처럼 보였을 수도 있었다. 그러나 그것은 그저 외피에 지나지 않았다. 그녀는 누군가에게 존재를 의지할 만큼 나약한 인간이 아니었다. 언제 어디서 사고를 당해 죽을지 모르는 경찰관을 함부로 사랑할 수는 없었다.

그녀는 이전에 만났던 또 다른 사내들을 떠올렸다. 그중 한 사내는 죽음이라는 최고의 선물을 선사했다. 빌딩 청소부였던 그는 돈벌이가 되지 않는다며 고층 빌딩 유리창을 닦았다. 그에겐 위태로움과 불안함이 존재했다. 결국 그는 15층에서 유리창을 닦다가 떨어져 즉사하고 말았다. 그 일이 있은 후 여는 바로 유산을 했다. 충격이나 사내에 대한 그리움 때문은 아니었다. 그녀는 그리 순정한 인간이 아니었다. 이후 단 한 번도 사내의 묘를 찾은 적이 없었다. 조용하고도 담담한 이별이었다. 만남, 이별, 만남, 이별. 그것은 살아 있는 동안 지속될 것이었다. 그러니 뭐 대단한 일은 아니었다.

그녀는 식탁에 남아 있는 빵을 다 먹어치웠다. 속이 더부룩

했지만 상관없었다. 그녀는 가슴을 몇 번이나 두드리다가 수돗물을 받아 마셨다. 녹물이 흘러나왔지만 계속 받아 마셨다.

잠시 후 그녀는 식탁에 놓인 택배 상자를 말없이 바라보았다. 옆집에 사는 사람에게 아직 건네주지 않았다는 걸 깨달았다. 시계를 보니 새벽 1시 40분이었다. 택배 상자는 꽤 무거웠다. 대체 어떤 물건일까. 그녀는 불길함을 느끼며 상자에 귀를 갖다 댔다. 한시라도 빨리 주인에게 건네주고 싶었다. 그녀는 재빨리 외투를 입고 현관문 쪽으로 다가갔다.

새벽의 복도는 참으로 고요했다. 그 적막이 마음에 들지 않아서 그녀는 몇 번이나 기침을 했다. 어느새 초인종을 누르고 있었다. 그 시간 남의 집을 방문하는 것에 크게 개의치 않았다. 물건을 보관했으니 고맙다는 인사쯤은 들어야만 했다.

사실 옆집에 이사 온 사람들이 누군지 궁금했다. 그 집에서 대체 무슨 일이 벌어진 건지 알기나 할까. 멍청한 인간들. 단한 번도 마주친 적이 없으면서 그녀는 그들을 마구 비난하고 싶었다.

그사이 천천히 문이 열렸다. 잠시 후 왜소한 체구의 남자가 모습을 드러냈다. 남자의 다리는 앙상했다. 팬티 차림이었다. 그녀는 재빨리 택배 상자를 내밀었다.

"받으세요. 그쪽 거예요. 낮부터 제가 보관했어요."

남자는 그녀를 쏘아보았다.

"대체 지금이 몇 십니까? 이 여자가?"

짜증 섞인 목소리였다.

"수상한 물건일지도 모르잖아요."

남자는 어이없다는 듯 한숨을 푹 내쉬었다.

"폭탄 같은 게, 들어 있을지도 모르잖아요."

남자는 상자를 흔들었다. 그러더니 바로 상자를 뜯었다. 그녀는 물건을 확인하지도 않고 바로 돌아섰다. 어느새 계단을 오르고 있었다.

"다음번엔 저 집에 맡기세요."

그녀가 뒤돌아보며 말했다. 남자는 그 집이 어디인지 금방 알아차렸다. 장애인이 살고 있는 집이었다. 남자는 신경질적으로 문을 닫아버렸다.

그녀는 밖으로 나와 공원 쪽으로 걸었다. 빗줄기가 그녀의 뺨을 때리고 있었다. 찰싹찰싹. 분명 빗줄기였다. 그런데 시간이 흐를수록 파도 소리처럼 들려왔다. 문득 늙은 사내의 유골을 뿌리고 돌아오던 그 밤이 떠올랐다. 그날도 이렇게 비가 많이 내렸다. 유골은 빗물과 함께 넓은 바다로 섞였다. 그때의 뼈아픈 고독을 그녀는 기억했다.

그날을 생각하면서 쫓기듯 걸었다. 과거가 모든 것을 삼켜버릴지도 모른다는 두려움 때문이었다. 그러나 인적 없는 공원을 지나 폐차장 쪽으로 갈 때쯤 두려움은 사라졌다.

새벽 산책은 종종 있는 일이었다. 폐차장은 아주 거대했다. 수백 대의 차가 충분히 들어갈 것만 같았다. 뭔가 좋은 징조였다. 앞으로 이곳에서 좋은 일이 일어날 거라고 그녀는 확신했다. 천천히 버려진 차들을 살폈다. 그중에서 마음에 드는 소형차를 선택했다.

차 문은 아주 쉽게 열렸다. 어디가 고장 난 건지 외관상으로는 알 수 없었다. 빗줄기가 점점 거세지고 있었다. 그녀는 조수석에 앉았다. 앞이 보이지 않았다. 어둠만이 전부였다. 갑자기 누군가 나타나 위협을 할 것만 같았다.

그녀는 주변을 탐색하다가 뒷좌석으로 자리를 옮겼다. 신발을 벗고 천천히 누웠다. 그러자 생각하지도 못했던 평화가 찾아왔다. 무엇과도 바꿀 수 없는 평화였다. 금세 잠이 쏟아졌다. 그 순간 그녀는 철저히 혼자라는 걸 깨달았다. 그건 아주 단순한 깨달음이었다. 아무도 찾아오지 않고 아무도 기웃거리지 않는 폐차장 안에서 다시 꿈을 꿔야만 했다. 무릎까지 오는 긴 장화를 신고 먼 길을 걸어가는 꿈.

인간은 왜 악몽을 꾸는가.

도무지 삶을 믿을 수 없어서 그녀는 고개를 흔들었다.

*

기를 깨운 건 전화벨 소리였다.

"기."

수화기 저편에서 누군가 말했다.

"오늘 쉬는 날이지?"

여동생이었다. 여동생은 오빠라는 호칭을 쓰지 않았다.

"무슨 일이지?"

기는 대뜸 질문했다.

"중요한 일이 좀 있어. 아기 좀 봐줘. 9시까지 갈게."

기다렸다는 듯 여동생은 말했다. 기는 짜증이 나서 버릇처럼 이마를 찡그렸다.

"오늘은 곤란해."

"매일 부탁하는 것도 아니잖아. 약속이 있다면 취소하고 좀 봐줘."

"그래, 오늘은 모처럼 쉬는 날이야. 내 일상이 얼마나 고단한지 알기나 해?"

"알아. 하루만이야."

여동생은 한결 다정해진 목소리로 말했다. 전화는 곧 끊어졌다. 여동생은 정확히 30분 후에 기의 집에 도착했다. 외출 준비를 다한 다음 전화를 건 게 분명했다. 생후 6개월 된 아기는 곤히 잠들어 있었다. 여동생은 아기를 담요 위에 내려놓았다.

"칭얼대면 분유를 먹이고."

여동생은 인사도 하지 않고 밖으로 나가버렸다. 아기에 대한 염려 같은 건 하지 없었다. 그렇다면 평소엔 대체 누구에게 아기를 맡기는 걸까.

어릴 적부터 여동생은 집 안에 가만히 앉아 있지 못했다. 주로 새벽에 나갔다가 밤늦게 돌아오곤 했다. 가끔은 외박을 하기도 했다. 학교를 졸업한 후에도 그 생활은 계속되었다. 얼마 지나지 않아 여동생에게 재워주고 먹여주는 남자가 있다는 것을 알게 되었다. 여동생의 남자는 의처증이라도 걸린 듯 집으로 자주 전화를 걸었다.

"지금 집에 있습니까?"

"없습니다."

기는 차갑게 대꾸했다.

"사실대로 말씀해주시죠."

기는 말없이 수화기를 내려놓았다. 전화는 다시 걸려왔다.

"신경 쓰지 마. 독종이야. 한번 물면 쉽게 놓아주지 않는 놈이야."

여동생은 증오라도 하듯 옆에서 냉정하게 말했다. 그동안 그녀가 만나온 남자들의 성향은 대체로 비슷했다. 집착하거나 몰아세우거나 따지거나 의심하거나 때로는 폭력을 행사하는 남자들이었다.

도무지 기억에서 지워지지 않는 사건도 있었다. 기가 멀리서 걸어오는 여동생을 지켜본 날이었다. 무슨 생각을 하는지 그녀는 고개를 푹 숙이며 다가오고 있었다. 그런데 갑자기 한 녀석이 나타나더니 단단한 주먹으로 여동생의 얼굴을 가격하기 시작했다. 피할 겨를도 없이 여동생은 쓰러졌다. 기가 그들에게 달려갔지만 소용이 없었다. 녀석은 기를 보자마자 주먹을 날렸다. 지나가던 행인이 말렸지만 녀석은 개의치 않았다. 한참 후에야 녀석은 빠르게 달아나버렸다. 한쪽의 어이없는 폭력으로 모든 상황이 끝났을 때, 기는 설명할 수 없는 수치와 무력감을 느꼈다. 갑자기 주변을 둘러싸고 있던 적막이 두려워졌다. 문득 이 세계가 비밀로 이루어져 있다는 걸 그는 깨달았다. 결국 아무 일도 없었다는 듯 자리에서 일어났지만 그날의 기억은 오래도록 지워지지 않았다.

결국 그들은 병원으로 향했고 오랜 시간 근육통에 시달려야 했다. 여동생은 미안하다고 거듭 사과를 했지만 기는 대꾸하지 않았다. 그날 여동생은 병원 침대에 앉아 많은 음식을 먹어치웠다. 입가에 음식물을 묻히며 꾸역꾸역 삼키는 모습을 보면서 기는 뼈마디가 저렸다. 잠시 그녀가 안쓰러웠지만 그 감정도 오래가지 않았다.

문득 태어나자마자 죽은 또 다른 동생이 생각났다. 여동생은 쌍둥이였다. 죽은 동생은 여동생보다 5분 늦게 태어났다. 기는 자주 죽은 동생에게 연민을 느꼈다. 동시에 살아 있는 동생에겐 은밀한 질투를 느꼈다. 도무지 애정을 줄 수 없었다. 혼자 살아남은 자에게 그런 감정을 품을 수는 없는 일이었다. 게다가 여동생은 너무 단단하고 강인해 보였다. 상실감이나 슬픔 같은 건 찾아볼 수 없었다. 그 무엇에도 얽매이는 법이 없었다. 예민한 기와는 다르게 모든 일에 무심했고 담담했다. 남자들을 끊임없이 자극했던 게 무엇인지 알 것만 같았다. 그건 바로 초연함이었다.

언제든 이곳이 아닌 다른 곳으로 떠날 사람처럼 여동생은 현실에 얽매이는 법이 없었다. 모든 일을 심각하게 받아들이지 않았다. 그저 될 대로 되라는 식이었다.

그동안 몇 명의 남자들이 자살 소동을 벌인 적이 있었다. 그때에도 여동생은 개의치 않았다. 다행히 그들의 소동은 한낱 해프닝으로 끝이 났다. 한눈에 봐도 별 볼일 없어 보이는 남자들이었다. 여동생은 누구에게도 집착하지 않았다.

물론 여동생에 대한 소문은 좋지 않았다. 결국 비난의 화살은 부모에게도 향했다. 하지만 기의 부모는 소문 앞에서도 무기력했다. 잠시 딸을 나무라기만 할 뿐 철저하게 방치했다. 태어나자마자 갓난아기가 죽었고 그 이후 그들의 얼굴에 짙은 근심이 드리워진 것이다. 그것은 숙명이었고 남아 있는 날들에 대한 불길한 예감이었다. 그들에게는 한 줌의 희망도 남아 있지 않았다. 그들은 죽은 자만 그리워할 뿐 살아 있는 자들을 사랑하려고 애쓰지 않았다. 그것은 무서운 일이었다. 무기력은 일상을 먹어치웠고 일상을 병들게 했으며 삶을 아무것도 아닌 것으로 만들었다. 시간은 무의미하게 흘러갔다.

그의 부모는 애써 뭔가를 잊겠다는 듯 하루 종일 타인의 양복을 다림질했다. 그들은 임종을 앞두고 있는 사람처럼 생기가 없었다. 대체 무엇이 남은 걸까. 결국 죽음만이 남은 거라면.

"인생은 고약한 것이지."

언젠가 그의 아버지는 말한 적이 있었다. 옆에 있던 어머니도 고개를 끄덕였다. 그들의 무기력이 기는 두려웠다. 어릴 적부터 그는 비관적인 사람보다는 그것을 애써 극복해나가는 긍정적인 사람들에게 마음이 끌렸다.

되도록 어두운 기운, 인생에 대한 회의나 걱정 같은 건 멀리하고 싶었다. 살아갈수록 그런 것만을 원했다. 그가 부러워했던 건 시장에서 악다구니를 쓰며 물건을 파는 친구의 부모들이었다. 정작 친구들은 자신의 부모를 부끄러워했지만 그는 그들이 몹시 부러웠다. 결국 그가 원했던 건 질기고도 강한 생명력이었다. 그것만큼은 정말 갖고 싶었다.

아주 오랜 시간이 지난 후에 주유소 직원이 기에게 물었다.

"자네에게도 이상형이 있겠지?"

"물론."

"어떤 여자?"

"강한 여자."

"강한?"

"생활력이 강한 여자."

"결국 여자에게 기대어 살겠다는 의미군."

기는 대꾸하지 않았다. 주유소 직원은 그를 오해했다. 기는 더 이상 설명하지 않았다. 그럴 필요는 없었다. 약한 존재들은 딱 질색이었다. 기대어 우는 여자, 집착하는 여자, 무기력한 여자, 엄살 부리는 여자, 아픈 여자, 슬픈 여자, 한탄하는 여자.

모두 질색이었다. 울음소리만 들어도 울컥 짜증이 났다. 울고 싶은 자들은 아무도 모르게 혼자만의 방에서 숨죽인 채 자신의 슬픔을 토해내야만 했다.

그런 의미에서 그는 차라리 강한 쪽에 끌렸다. 증오하는 여자, 복수하겠다고 칼을 가는 여자, 쉽게 넘어오지 않는 여자, 오만하고 건방진 여자. 하지만 그 끌림도 오래가지 않았다. 쉽게 호감을 느끼는 만큼 쉽게 포기했다. 무엇보다 그에겐 인내심이 부족했다. 타인에 대한 관대함마저 부족했다. 여자들이 짜증내고 안달하는 것을 그는 견디지 못했다. 심지어 질투하고 소유하려 하는 것을 용납하지 않았다.

어느 날 그의 부모가 일하던 세탁소에서 화재가 나서, 그들이 한꺼번에 변을 당했을 때 그는 몹시 슬펐지만 한편으론 일종의 해방감을 느꼈다. 누군가의 죽음 앞에서 슬픔만 느낀다는 것은 철저한 거짓일 수도 있었다. 기는 체념한 얼굴로 모든 것을 혼자서 처리했다.

그즈음 여동생과는 연락이 닿지 않았다. 유령 같은 자. 닿을 수 없는 자. 살아 있으나 거처가 불분명한 자. 그녀를 그렇게 정의할 수밖에 없었다.

정처 없음. 거처 없음. 그러나 어느 낯선 도시에서 그녀가 무단 횡단을 한 다음 열차에 올라탈 것만 같았다. 이른 새벽, 사람들을 따돌리며 밀항선을 탈 것만 같았다. 어둡기만 한 선박 안에서 낯선 놈과 섹스를 하고 담배를 나눠 피우고 도박을 벌일 것만 같았다. 물론 그것은 상상일 뿐, 현실의 그녀는 담배를 피우지도 술을 마시지도 않았다.

부모의 장례가 끝나는 대로 그는 여동생의 실종 신고를 하려고 했다. 그런데 발인을 하루 앞둔 날 여동생은 모습을 드러냈다. 가벼운 등산복 차림이었다. 죽음을 의식하는 태도 같은 건 찾아볼 수 없었다. 기다렸다는 듯 그녀는 영정사진 앞에서 절을 했고 식사를 했다. 그동안 밥도 제대로 얻어먹지 못했는지 오래전 한 녀석에게 폭행당했을 때처럼 허겁지겁 음식을 먹었다. 그런 모습을 보면서 기는 처음이자 마지막으로 여동생을 두들겨 패고 싶은 충동을 느꼈다. 그러나 그렇게 하지 않았다. 아무것도 묻지 않았다. 모욕적인 언행을 퍼붓지도 않았다. 식사를 마친 그녀와 무언의 인사를 나누었을 뿐 그는 모든 감정을 감춘 채 고개를 끄덕였다.

살아오면서 그는 단 한 번도 가족에 대한 유대감이나 형제애같은 것을 느껴본 적이 없었다. 그저 피만 섞였을 뿐 모두 혼자였고 불완전하고 아픈 개인이었다. TV에 나오는 단란한 가족은 오히려 비현실처럼 보였다. 그렇다고 그런 가족을 얻지 못한 것에 대한 박탈감을 느끼지도 않았다. 있는 그대로를 받아들이자 체념은 빨리 찾아왔다.

여동생이 결혼을 하고 아이를 낳는 것을 그는 도무지 상상할수 없었다. 언제라도 그 약속을 파기하고 다시 제도권 밖으로 뛰쳐나올 것 같았다. 그건 좋지 않은 예감이었다. 그의 예감대

로 어느 날 여동생은 식도 올리지 않고 바로 동거를 했다. 그리
고 또 어느 날 아기를 낳았다고 통보를 해왔다. 아기의 아빠와
는 이미 헤어진 뒤였다. 기는 상대 남자를 한 번도 본 적이 없었
다. 간혹 아기를 마주할 때마다 멀뚱멀뚱 쳐다보기만 했다. 아
기는 자신의 불우한 출생을 알고 있다는 듯 울음을 터뜨렸다.

"그놈은 대체 어디 있는데?"

"몰라."

여동생은 재빨리 시선을 피했다.

"몰라?"

"몰라."

기는 더 이상 묻지 않았다. 아기라니. 그는 아기를 좋아하지
않았다. 생명 자체를 좋아하지 않았다. 살아 있다는 건 두려움
을 의미했다. 관심과 사랑, 지극한 인내를 필요로 하는 일에 그
는 자신이 없었다. 울음소리만 들으면 짜증부터 났다. 그의 내
면엔 사랑이라는 게 존재하지 않았다. 내면은 언제나 황량하고
정처 없었다. 그는 자신이 얼마나 예민하고 단점이 많은 인간
인지 잘 알고 있었다.

잠에서 깨어난 아기는 끊임없이 울어댔다. 그 소리를 견디지
못한 탄이 나와서 아기를 가슴에 안았다. 기는 문득 석 달 전,
류와 함께 만났던 밤이 떠올랐다. 류는 탄을 데리고 주유소로
찾아왔다. 주유소 직원들의 눈초리가 신경 쓰였다.

"누구? 숨겨둔 애인인가?"

"호오, 숨겨둔 자식인가?"

"요즘 동거하시나?"

직원들이 계속 빈정거렸지만 그는 침묵했다. 기는 몹시 화가 난 얼굴로 류를 마주했다. 그녀의 모습은 너무 초라해서 함께 서 있는 게 창피할 정도였다. 그는 정작 자신에게 풍기는 땀 냄새와 기름 냄새를 의식하지 못한 채 버럭 소리를 질렀다.

"이렇게 갑자기 일터로 찾아오면 나는 뭐가 돼?"

류는 별다른 대답이 없었다. 잠시 후 류는 고개를 들고 기에게 말했다.

"아이를 좀 맡아줘야겠어."

처음에 기는 그 말을 알아듣지 못했다.

"한동안 지방에 내려가서 지내게 됐어."

"이유는?"

그는 거만하게 물었다. 언제나 그녀 앞에선 거만한 사내로 돌변했다.

"남자라도 생긴 건가?"

류는 고개를 끄덕였다.

"오, 재주가 좋아."

"당신은 늘 그런 식이지. 이기적이고 제멋대로야."

뭔가를 들킨 듯 기는 부끄러웠다. 그렇다고 그런 감정을 겉으로 드러내지 않았다.

"어떤 놈이지?"

"괜찮은 사람이야. 나를 편안하게 해줘."

"편안?"

류는 자세히 얘기하지 않았다. 그럴수록 그는 언짢아졌다. 그녀에 대한 애틋한 감정은 남아 있지 않았다. 대신 증오만 남아 있었다. 류. 처음부터 그녀는 그가 원하던 타입의 여자가 아니었다. 어딘가 모르게 주눅 든 모습은 그의 마음을 불편하게 했다. 물론 처음엔 뭔가 설명할 수 없는 맑은 공기가 그녀의 주변을 감싸고 있었다. 그것만큼은 부정할 수 없었다. 처음에 그녀에게 어떻게 접근했던가.

다른 여자에게 다가갈 때처럼 그는 조심스럽게 말을 건넸고 남들처럼 극장 데이트를 했으며 그녀를 집까지 데려다 주었다. 그때에도 연애라는 게 너무 일상적이어서 이렇게 하찮아도 되는 것인가 그는 스스로에게 묻곤 했다. 그러면서도 너무 쉽게 류라는 여자에게 흥미를 잃었다. 그녀의 성격을 한마디로 단정하기는 어려웠다. 소극적인 듯하면서도 하고 싶은 말은 다 했고 상대를 배려하는 듯하면서도 지나치게 자기 고집이 셌다. 차분해 보이는 겉모습과는 다르게 그녀 마음엔 불이 있었다. 그는 자주 류의 말과 행동을 관찰했고 평가했으며 비난을 퍼부었다.

돈을 쓰는 그녀의 방식도 마음에 들지 않았다. 데이트를 할 때 좀처럼 지갑을 열지 않는 그녀의 모습을 보면서 그는 자꾸만 화가 치밀었다. 그녀의 주머니 사정이 좋지 않다는 건 알고 있었다. 그래도 돈을 내려는 시늉이라도 하면 좋을 텐데, 그녀는 그러지도 않았다. 언제까지 이 모든 것을 그 혼자서 해결할 수는 없었다.

"이걸 벌려면 주유소에서 얼마나 오래 일해야 하는지 알기나 해?"

그는 결국 그런 말을 내뱉었다.

"당신은 열등감이 많은 사람이야."

"그게 돈과 무슨 상관이야?"

류는 별다른 대답을 하지 않았다. 하지만 그녀는 그를 정확히 꿰뚫어보았다. 그는 자신의 콤플렉스에 대해선 말하지 않았다. 화재 사고로 목숨을 잃은 부모에 대해서도 말하지 않았다. 그러나 은연중에 그의 말투나 행동에서 자격지심이 드러났다. 류 역시 과거를 언급하지 않았다. 미화하지 않았다. 부정하지 않았다. 그들에겐 철저하게 현재만이 존재했다. 들여다볼수록 과거는 너무 보잘것없고 초라해서 누구와도 공유할 수 없었다. 그들의 현재 역시 푸른빛이 아니었다. 대부분의 날들은 지리멸렬했고 일상은 누군가에게 얻어맞은 듯 아프고 괴로웠다. 연애는 일상을 위로해주지 못했다. 둘 중에서 조금 더 비겁했던 건 기였다. 그는 류의 모든 것이 못마땅했다. 가만히 있는 그녀를 자꾸만 못살게 굴고 싶었다. 왜 이렇게 자신이 변해가는지 알 수 없었다. 그녀와 함께 있을 때면 내면의 불안함이 되살아났다. 아니, 그것은 오랫동안 그에게 남아 있던 불안함이었다.

사실 그에겐 여자에 대한 믿음이 부족했다. 아니, 사람에 대한 믿음이 부족했다. 시간이 지날수록 그는 안절부절못했고 안정을 취할 수 없었다. 그래선지 늘 고단했다. 류와 만나든 헤어져 있든 그런 감정은 사라지지 않았다. 결국 그것은 스스로 해결해야 할 몫이었다.

그즈음 그는 류와 무심한 듯 거리를 두었다. 성욕을 참을 수 없을 때쯤 그녀를 찾아갔다. 류는 말없이 그를 받아주었다. 그녀가 그를 증오하는 건지 경멸하는 건지 알 수는 없었다. 류는 샤워를 하고 기와 섹스를 했다. 아무 쾌감도 느낄 수 없는 무미건조한 섹스였다.

더 이상 아무것도 남아 있지 않다는 걸 그들은 뼈아프게 깨달았다. 그 무렵 그는 차비마저 아까웠고 그동안 함께 보냈던 숱한 시간들이 아까웠고 모든 걸 청산하고 싶었다. 자신의 치졸함을 인정하고 싶지 않았지만 어쩔 수 없었다. 결국 그는 이별 통보를 하기 위해 류를 불러냈다. 그녀는 뭔가 직감이라도 했는지 한 모금의 술도 입에 대지 않았다. 그가 뜸들이고 있을 무렵 뜻밖에도 그녀가 먼저 자신의 가족사에 대해 털어놓았다.

"일부러 숨기려고 했던 건 아닌데."

"무슨 말이지?"

그는 빨리 얘기하라고 그녀를 다그쳤다. 잠시 후에 류가 말했다. 그녀의 언니와 오빠는 난쟁이라고 했다. 아버지에게 물려받은 것이라고 했다. 그는 믿을 수 없어서 대뜸 소리를 질렀다.

"그러면 너는 대체 뭐야? 왜 멀쩡해?"

"작은오빠와 나만 피해 갔어."

"그러니까 난쟁이 집안이라는 거야?"

그녀는 고개를 끄덕였다.

"고백하는 이유가 뭐야? 이제 와서?"

"결혼하려고."

"누구와?"

"당신하고."

그는 그녀의 말이 끝나기도 전에, 그럴 마음이 전혀 없다고 대꾸했다. 그러면서 한껏 거드름을 피웠다. 그녀가 관심을 줄 때마다 그는 우월감을 느꼈다.

"너 혼자만의 착각이겠지."

"할 수 없지. 하지만 아이는 낳을 거야."

"난쟁이면 어쩌려고?"

"키워야지 어쩌겠어."

결국 류가 먼저 자리에서 일어났다. 그는 그녀를 붙잡을 수 없었다. 그날부터 그는 류가 난쟁이를 낳을까 봐 몹시 두려웠다. 난쟁이로 태어날 아이의 상처보다 그걸 감당하지 못할 나약하고 치졸한 자신의 모습이 더 두려웠다.

하필이면 난쟁이 집안이라니. 처음부터 그 사실을 알았더라면 접근조차 하지 않았을 것이다. 뒤늦게 그녀가 모든 걸 고백했지만 그는 여전히 화가 났다. 속았다는 생각마저 들었다. 한

편으론 당장 그녀의 가족을 만나 확인하고 싶었다.

"직접 봐야지. 내 눈으로 직접 봐야 믿을 수 있겠어."

그는 바로 류에게 전화를 걸어 일방적으로 약속을 정했다. 배려라고는 찾아볼 수 없었다.

"차를 몰아. 어서. 더 빨리 차를 몰아."

그의 타박에 그녀는 운전을 했다. 결국 그녀의 부모와 형제들이 살고 있는 집으로 갔다. 그들은 서른 평도 채 되지 않는 단독주택에 살고 있었다.

집에 들어서자 류의 큰오빠가 방문을 열고 거실로 나왔다. 기는 놀란 나머지 한 걸음 뒤로 물러섰다. 난쟁이였다. 곧 류의 아버지도 모습을 드러냈다. 그 역시 난쟁이였다. 류와 작은오빠, 어머니만이 평범한 체구였다. 그 순간 아이를 낳는 것은 도박이라는 생각이 들었다. 동시에 이 모든 것은 자신과는 아무 상관없는 일이라고 그는 단정 지었다.

이번엔 그들이 말없이 기를 쳐다보았다. 기는 한숨을 쉬며 모든 것을 털어놓았다. 이제야 알게 되었다고 지금은 몹시 당황스럽다고 그는 고백했다. 자신의 나약함을 솔직하게 털어놓는 수밖에 없었다. 도무지 방법이 없었다. 그래 봤자 아무도 그의 편을 들어주지 않겠지만 어쩔 수 없었다.

그는 그녀의 아버지를 빤히 쳐다보았다. 어떤 얘기라도 좋으니 듣고 싶었다. 차라리 그를 비난하고 나쁜 자식이라고 욕한다면 그 상황을 묵묵히 받아들일 수 있을 것 같았다. 그러나 그들은 그렇게 하지 않았다.

류의 아버지는 자리에서 일어나 방으로 들어갔다. 류의 오빠들도 따라 들어갔다. 결국 거실에는 기 혼자 남았다. 그들은 상의라도 하는지 오랫동안 밖으로 나오지 않았다. 약속이라도 한 듯 그들은 그를 따돌리고 있었다. 그는 소외감을 느꼈다. 이렇게 된 바에야 류와는 함께 살 수 없다고, 도무지 그럴 수는 없겠다고 그는 결론을 내렸다.

시간이 지난 후에 류의 가족들은 거실로 나왔다. 먼저 류의 아버지가 말문을 열었다. 억지로 결혼을 시킬 수는 없으니 그의 생각을 존중하겠다고 했다. 류가 원한다면 아이를 낳을 수 있도록 도와주겠다고 했다.

"그건 대신 양육을 하겠다는 의미입니까?"

기가 물었다.

"그건 아니네. 그건 자네와 류가 해결해야 할 문제지."

그는 바로 자리에서 일어섰다. 형식적인 인사만 하고 바로 집을 나왔다. 더 이상 그들을 마주해야 할 필요는 없었다. 누구도 그를 붙잡지 않았다. 비로소 그의 마음은 냉정해졌다. 한쪽의 마음이 분명해지자 관계는 아주 쉽게 끝이 났다. 이별의 절차 같은 건 필요 없었다.

이별은 아주 쉬웠다. 그녀를 걱정할 필요는 없었다. 그녀가 받았던 상처나 괴로움 같은 건 생각하지 않았다. 그것은 오로지 그녀 몫이었다. 그가 신경 쓸 바가 아니었다.

그러나 얼마 지나지 않아 그는 밤마다 가슴에 통증을 느꼈다. 그게 상실감이라는 걸 오랜 시간이 지난 후에야 그는 깨달았다. 그러자 생각지도 못했던 죄책감이 찾아왔다. 자신이 먼저 관계를 깨뜨렸다는 자책감과 류를 단 한 번도 행복하게 해주지 못했다는 미안함이 마구 뒤섞였다. 그러면서도 이 모든 것이 자신의 잘못이 아닌 류의 책임이라고 떠넘겼다. 그러나 한밤중이 되면 전화를 걸어 그녀를 마구 괴롭혔다. 그리움 때문은 아니었다. 지금 이 순간 류가 다른 놈의 품에 안겨 있을지도 모른다는 조바심 때문이었다.

그녀는 편안한 목소리로 전화를 받았다. 그때마다 그는 그녀가 원망스러웠다. 그래서 일부러 더 매몰차게 대했다. 그녀와 헤어진 이유가 무엇이었는지, 앞으로 어떤 방식으로 그녀를 대할 것인지 끊임없이 떠들었다. 그때에도 그는 오만함을 잃지 않았다. 그러자 류는 짜증난다는 듯 전화를 끊어버렸다. 그는 다시 전화를 걸어 그녀의 안부를 물었다.

"끊지 마. 그러니까 지금 몇 개월째라는 거지? 입덧은 하나? 요즘은 어때?"

그런 방식으로 오랫동안 그녀를 괴롭혔다. 그런 관계가 1년쯤 이어졌다. 하지만 류가 아이를 낳은 후 좀처럼 그는 그녀에게 연락을 할 수 없었다. 그즈음 그녀가 얼마나 외롭고 힘들었을지 그것에 대해 그는 골똘히 생각했다.

"그러고 보니 류는 아주 강한 여자였어."

그는 자신의 치졸함을 잊기 위해 그녀를 자주 평가했다. 그러면서도 조금씩 지쳐갔다. 류가 새로운 연애를 시작했다는 소문은 여기저기서 들려왔다.

"한창 산후우울증에 걸려 있어야 하는 거 아니야? 그렇게도 남자가 필요해?"

그럴수록 그녀와 함께했던 날들이 떠올랐다. 그녀의 가슴은 꽤 큰 편이었는데, 엉덩이도 꽤 귀여운 편이었는데, 쓸데없이 그런 생각에 사로잡혔다.

"애 낳고 우울증은 안 걸렸대?"

기는 소문을 전해준 사람에게 물었다. 상대는 대답이 없었다. 결국 퇴근을 한 후에 그는 류에게 전화를 걸었다. 새벽 3시였다. 평화롭게 잠들어 있는 그녀를 가만히 놔두고 싶지 않았다. 그날 새벽, 그는 무려 열일곱 통의 부재중 전화를 남겼다. 괴로움은 그날부터 다시 찾아왔다. 쓸데없는 짓을 하고 말았다는 자책감 때문에 화가 나서 도무지 견딜 수 없었다. 결국 그는 핸드폰을 집어 던졌다. 전화는 걸려오지 않았다. 그는 욕실로 가서 핸드폰을 변기 속에 넣고 물을 내렸다.

류의 무관심. 이제는 자신이 약자가 되었다는 사실을 그는 도무지 인정할 수 없었다. 지금이라도 그녀가 그에게 매달려야만 했다. 아이까지 낳았으니 기에게 양보해달라고, 함께 살아달라고 그녀가 먼저 부탁해야만 했다. 달려가서 그녀의 뺨이라도 때리고 싶었다. 그러자 불현듯 아주 오래전에 여동생을 폭행했던 놈이 떠올랐다. 그놈이나 자신이나 다를 게 없었다. 포악한 괴물이었다. 둘 다 인간이라고 말하기는 힘들 터였다.

예상했던 불행은 다행히 그를 피해 갔다. 다행히 류가 낳은 아이는 난쟁이가 아니었다. 그즈음 자신이 결혼 생활에 적합하지 않은 인간이라는 걸 그는 뼈아프게 깨달았다. 가장으로서 아내와 자식에게 책임을 다하고 성실하게 돈을 벌어다 주고 미래를 계획하는 종류의 인간이 아니라는 걸 알게 되었다.

그렇다면 자신의 선택이 틀리지 않았다는 것을 입증한 셈인가. 하지만 그 후에도 근원을 알 수 없는 괴로움이 자주 찾아왔다. 결국 그가 비껴가고 싶었던 것은 불행이었다.

여전히 그는 살아 있다는 사실이 무섭고 두려웠다. 자신의 존재가 두려웠다. 누군가에게 해가 될 수 있다는 사실이, 그로 인해 타인이 상처받고 타락할 수 있다는 사실이 두려웠다. 어릴 적부터 그는 내면에 도사리고 있던 두려움을 극복하지 못했다. 그 누구도 그에게 전폭적인 지지나 응원을 해준 적이 없었다. 학창 시절에는 줄곧 선생들에게 뺨을 맞았고 친구들에게도 오랜 세월 따돌림을 당했다. 어디에도 머물 곳이 없었다. 거처 없음. 사실 그건 여동생에게나 어울리는 말이라고 생각했다. 그러나 여동생이나 그 자신이나 크게 다를 바가 없었다.

누군가에게 속내를 털어놓고 싶었다. 그게 류여도 크게 상관없었다. 이 모든 것을 솔직하게 얘기한다면 그녀는 어떤 표정을 지을까. 하지만 그러기엔 이미 너무 많은 시간이 지나가버린 게 아닌가. 인간에 대해 지나치게 관대했던 류도 이제 더 이상 그의 말을 들으려 하지 않았다. 결국 그가 그녀를 그렇게 만든 것이다. 그녀의 상처를 감싸 안지 못하고 그것을 단점으로 여기며, 남자로서 거들먹거리며 잘난 척을 한 것이다. 난쟁이 소굴로 들어가기 싫어서 한 사람에게 잔인하게 상처를 주고 도망치듯 그 나라를, 그 세계를 떠나온 것이다.

그는 몹시 외로웠다. 외롭다고 누군가에게 털어놓을 수 없어서 더 외로웠다. 외로운 감정이 극에 달하면 가끔 성당을 찾아갔다. 신의 존재를 믿는다는 것은 인간의 존재가 얼마나 나약한지를 고백한다는 뜻인가.

신이라니. 인간도 지긋지긋한데 신을 만나야 하다니. 처음에는 그것조차 귀찮고 허무했다. 십자가 앞에서 침묵을 응시할 때면 더 허탈해졌다. 갈 곳 없는 자들이 모여드는 곳인가. 기껏 찾아온 데가 버림받은 자들이 모여든 곳이라니. 그런 생각을 하자 자존심이 상했다.

성당을 찾는 사람들의 옷차림은 지나치게 깔끔했다. 그들의 모습을 보면서 또다시 못마땅했다. 비꼬고 싶었다. 이런 방식으로 살다가는 단 한 사람도 그의 곁에 남아 있지 못할 것이다. 단한 번도 버림받은 적 없으면서 그는 자주 버림받았다고 느꼈다.

그는 스스로가 못마땅해서 얼굴을 찡그렸다. 어느새 아기는 잠들어 있었다. 이목구비를 훑어보았다. 여동생과 닮은 구석은 찾아볼 수 없었다. 그는 불현듯 여동생에게 전화를 걸었다.

"지금 어디쯤이시?"

"방금 택시 탔어."

"어딜 그렇게 가고 있지?"

"얘기했잖아. 일이 있다고."

"기억나? 그 녀석 말이야."

"누구?"

"예전에 집 앞에서 우릴 폭행했던 놈 말이야. 너 좋다고 약까지 먹은 놈 말이야."

"그런 사람이 어디 한둘이어야지."

여동생은 어떤 기억이 떠올랐는지 잠시 침묵했다.

"자꾸 모른다고 잡아뗄 거야?"

"알아. 누굴 말하는지."

"그놈 요즘 어떻게 지낸대?"

"죽었어."

"죽어?"

"그런 일이 있고 난 후, 다른 여잘 만났는데 약을 먹었나 봐."

"결국 그렇게 됐군."

전화는 끊어졌다. 그러자 잊고 있었던 근육통이 되살아났다. 그에게 수치심을 안겨주었던 그놈은 결국 성질을 이기지 못하고 자살을 했다. 그동안 괴물이라고 생각했는데 이제는 한 사람의 죽음을 조용히 받아들이는 수밖에 없었다. 앞으로 그 역시 괴물처럼 살게 될 것인가. 그런 생각을 하자 문득 두려움이 찾아왔다. 지금껏 살아오면서 누군가에게 폭력을 가한 적이 있었나.

"기, 그놈 말이야. 결국 사람을 패더니 그렇게 됐어."

"그놈은 인간도 아니야."

보이지 않는 곳에서 누군가 그렇게 조롱할 것만 같았다. 그 놈은 인간도 아니야. 인간도 아니야. 오래전에 진지한 모습으로 그에게 사랑을 고백했던 여자, 류 역시 그렇게 비난할 것만 같았다. 류도 그를 부정하고 싶은 걸까. 그렇다면 지나온 세월은 무엇인가? 함께 걷고 농담을 하고 장난을 치고 사랑을 했던 그 시간들을 대체 어디로 사라진 걸까?

그사이 탄이 방문을 열고 걸어 나왔다. 난쟁이 가족. 난쟁이. 아이는 모든 것을 알고 있다는 듯 천천히 다가왔다. 그래, 아이에게 해줄 말이 있었다.

2장

로는 가방을 메고 걸었다. 어딘가로 가기 위해선 남들보다 많은 시간이 필요했다. 목발에 의지한 채 걷는 시간. 단 한 번도 그는 걷는 것에 대해 불평한 적이 없었다.

　거리엔 수많은 사람들이 있었다. 로는 잠시나마 그들의 속력이 부러웠다. 로 역시 목발을 던져버리고 저들처럼 빠르게 나아가고 싶었다. 하지만 그것은 이룰 수 없는 욕망에 불과했다. 이번 생에서는 가질 수 없는 욕망이었다.

　새벽이 되면 로는 고층 빌딩을 지나 일터로 향했다. 비가 오는 날만 아니면 늘 그곳으로 갔다. 로는 자신의 일을 신성하게 여겼다. 회사원처럼 양복을 입고 길을 나서는 것도 그 때문이었다. 값비싼 양복은 아니지만 로는 자신의 옷차림이 마음에 들었다. 때 묻은 셔츠나 냄새나는 재킷을 입고 남들 앞에 서고 싶지 않았다. 그건 그의 자존심이기도 했다.

어느새 로는 성당 앞에 서 있었다. 성당은 고풍스럽고 아름다웠다. 거부감이 들지 않았다. 돈이 많은 자들이나 가난한 자들이나 성당 안으로 들어갔다. 로는 신에게 다가가려는 자들을 이해할 수 있었다. 밑바닥으로 추락한 자들은 단 한 평이라도 좋으니 자신만의 공간을 원한다. 로는 그들의 마음을 알고 있었다. 성당이 주는 웅장한 아름다움. 근처에서 일할 수 있다는 게 무엇보다 다행스러웠다.

로는 아주 사소한 것들을 팔았다. 이를테면 껌이나 치약, 신문 같은 것들. 그는 늘 많은 사람들이 지나다니는 길가에 앉아 있었다. 사람들에게 돈을 달라고 요구하지 않았다. 구걸이 아니었다. 그렇다고 그가 구걸하는 사람들을 경멸하는 것도 아니었다. 그것은 그들의 삶이었다. 누구도 간섭할 수 없는 그들의 영역이며 그들의 선택이었다.

로는 길에서 만난 자들에게 동료 의식을 느꼈다. 그들은 하나같이 가난하고 배운 것이 없으며 하루하루를 어렵게 살아가고 있었다. 무엇보다 나약한 사람들이었다. 무너질 것 같은 위태로움을 가슴에 품고 있는 사람들. 그들의 연약함을 로는 쉽게 눈치챘다. 연약함을 숨기기 위해 사람들은 자주 위장을 했다. 그 모습을 보면서 로는 고개를 끄덕였다. 이제는 어느 정도 길에서 만난 자들과 우정을 나누고 있었다. 그 누구도 배척하지 않았으므로 그들과 친구가 될 수 있었다. 가끔 그들이 먼저 손을 내밀기도 했다.

"로, 껌이 필요해."

"나 역시."

이따금 그들은 껌으로 허기를 달랬다. 만약 로가 빵을 팔았더라면 그들에게 빵을 나눠줬을 것이다. 가끔 그들은 로 옆에서 그날의 신문을 펼쳐서 읽었다. 로는 그것을 허락했다. 팔리지 않는 신문을 눈으로 읽는 건 죄가 되지 않았다. 죄는 그런 게 아니었다.

로는 누구보다 타인의 고독을 잘 알고 있었다. 무시무시한 고독 때문에 죽음을 택할 수도 있었다. 경제면이나 사회면의 굵직한 사건보다 마음을 달래줄 언어가 그들에겐 필요했다. 무의미한 시간을 견디기 위해 일부러 신문을 보는 것이다. 하지만 처음부터 길에서 만난 사람들이 로에게 관대했던 건 아니었다.

로를 괴롭히고 멸시하던 자들도 있었다. 로는 사람들을 끌어당기는 법을 알고 있었다. 사람들은 곧 그의 편이 되었다. 로를 미워하던 사람들도 얼마 지나지 않아 병이나 사고로 세상을 등지고 말았다. 로는 그들의 죽음을 조용히 애도했다.

만약 언젠가 로가 죽게 된다면 그가 머물던 자리에 누군가 나타나 물건을 팔게 될지도 모른다. 만약 가난하고 마음이 약한 소년이라면. 로는 단 한 번도 만난 적 없는 미래의 낯선 소년에게 악수를 청하고 싶었다.

"일찍 나왔군, 로."

멀리서 난쟁이가 다가와 말을 걸었다. 로는 미소를 지었다. 난쟁이와 로는 오랜 시간 우정을 이어오고 있었다. 난쟁이는 겸손한 데다 배려심이 있었다. 신체에 장애가 있다는 게 그들을 가깝게 했다.

난쟁이는 불과 몇 미터 떨어지지 않은 곳에서 구두를 수선했다. 언젠가 난쟁이의 부인을 본 적도 있었다. 부인 역시 로에게 관대했다. 가끔 일이 끝나면 로는 난쟁이와 함께 포장마차에서 술을 마셨다. 많은 사람들이 쳐다보았지만 그들은 개의치 않았다.

조금만 더 키가 컸더라면. 난쟁이는 지금쯤 근사한 중년의 남자가 되었을 것이다. 로는 단 한 번도 난쟁이가 타인을 비난하는 것을 본 적이 없었다. 평소에도 그는 조용했고 쉽게 흥분하는 법이 없었다.

로는 누구보다 난쟁이를 존중하고 존경했다. 그러나 난쟁이는 어딘가 모르게 주눅이 들어 있었고 늘 수줍어했다. 장애가 그를 자신감 없는 사내로 만든 것이다. 실패한 자의 모습을 보는 것은 마음이 편치 않았다. 만약 로가 신이 될 수 있다면. 난쟁이의 키를 좀더 늘려주었을 것이다. 하지만 로는 신이 될 수 없었다. 신 앞에 무릎을 꿇을 수 있는 나약한 인간일 뿐이었다.

"아침은 먹고 나왔나?"

난쟁이가 물었다. 로는 고개를 저었다. 그러자 난쟁이는 가방 속에서 샌드위치를 꺼내 로에게 내밀었다.

"나는 먹고 나왔네."

로는 사양했다. 하지만 난쟁이는 샌드위치를 다시 로에게 건넸다. 분명 이 샌드위치는 난쟁이의 부인이 만들었을 것이다. 이 사실을 안다면 부인도 달가워하지 않을 것이다.

언젠가 난쟁이는 젊은 날 자신의 부인이 몹시 아름다웠다고 고백한 적이 있었다. 그래, 젊은 날은 누구나 아름다운 법이지. 다만 많은 사람들이 그걸 모르고 지나쳐 갈 뿐이다. 아름다움은 어느 생에나 깃드는 법이지. 하지만 난쟁이의 부인을 처음 봤을 때, 로는 그녀의 얼굴에서 아름다움은 찾아볼 수 없었다. 하얗게 센 머리카락과 생활에 찌든 고단한 얼굴만 보일 뿐이었다. 그녀도 뭔가를 잃어버렸다고 로는 생각했다.

만약 이런 얘기를 난쟁이에게 한다면 그는 분명 죄책감을 느낄 것이다. 난쟁이는 그런 사람이었다.

그들이 어렵게 이룬 하나의 가정, 가족이라는 것. 그건 로가 지키지 못한 것이었다. 난쟁이의 얼굴에는 고통이 지나간 후에 어렵게 얻은 평화 같은 게 깃들어 있었다. 로는 쉽게 알아차렸다. 어쩌면 난쟁이 역시 로의 지난날을, 수많은 곡절을 눈치챘을지도 모른다. 그렇다 해도, 로는 모든 것을 감추고 싶었다. 그동안 살아왔던 날들에 대한 얘기는 가급적 꺼내지 않았다. 그대로 봉인해버린 채 시간이라는 물살에 흘려보내고 싶었다. 충분히 가능한 일이라고 믿었다. 그러나 그 누가 과거로부터 자유로울 수 있을 것인가. 그런 것은 없다. 그런 것은 존재하지 않는다. 결국 죽음 이후에나 해결될 것이다. 치명적인 상처까지도. 치유는 죽음으로서 가능해질 것이다.

로는 난쟁이에게 고맙다는 인사를 건넸다. 난쟁이는 미소를 지으며 자신의 자리로 돌아갔다.

처음에 로는 많은 것들을 의심했다. 대체 난쟁이가 원하는 것은 무엇인가. 타인에게 왜 많은 것을 나눠 주는가. 언젠가 돌려받기 위함이 아닌가. 막연히 그런 생각을 했다. 하지만 난쟁이는 좀처럼 되돌려받기를 원하지 않았다. 난쟁이는 신의 가르침대로 이웃을 대하는 것뿐이라고 했다. 난쟁이는 독실했고 겸손했으며 자신을 낮출 줄 알았다. 그건 좀처럼 로가 할 수 없는 일이었다.

로는 바닥에 앉아 샌드위치를 먹었다. 음식을 먹으면서도 품위를 잃지 않기 위해 애를 썼다. 다 먹고 난 후에는 휴지로 입가를 닦아냈다. 시간이 흐르면 또다시 배고픔이 찾아올 것이다. 거리에서 몇 푼을 벌고 그 돈으로 끼니를 때운 후에야 집으로 돌아갈 것이다.

거리는 오랜 휴식처였다. 거리에 있을 때 로는 비로소 편안함과 자유를 느꼈다. 집은 그저 술을 마시다가 잠드는 장소에 불과했다. 거리에선 사람들의 모습을 확연히 볼 수 있었다. 낮과 밤이 어떻게 바뀌는지, 시간이 어떻게 흘러가는지 로는 알고 있었다. 손을 내미는 거지의 비굴한 손길도 엿볼 수 있었다.

로는 자신이 머무는 공간을 사랑했다. 거리가 주는 자유로움과 방랑, 때때로 찾아드는 배고픔을 사랑했다. 로는 사랑이 무엇인지 알고 있었다. 그것은 비참함을 동반하는 것이었다.

가끔은 파리와 모스크바의 거리를 상상했다. 그곳에도 이렇듯 물건을 파는 자들이 있을 것이다. 그런 생각을 할 때면 고립감이 사라졌다.

사람들이 정처 없이 어딘가로 가고 있었다. 무한한 고독에 휩싸여서 걷는 자들, 비밀을 안고 있는 자들, 살인을 할 것 같은 자들이 눈앞에 있었다. 생의 위태로움과 불균형과 아름다움과 절망이 한눈에 보였다.

가끔 로에게 다가와 종교에 대해 한참 떠들다 가는 이들도 있었다. 사이비 종교에 빠져 있는 사람을 볼 때, 대체 신은 인간에게 무엇을 말하려는 걸까 하고 로는 궁금했다. 그건 하나의 의문이었다. 물론 그들에겐 침묵으로 대했다. 침묵을 견디지 못한 그들이 먼저 자리를 떠났다. 그 자리엔 가끔 물건을 훔치려는 자들이 나타났다. 로는 흥분하지 않고 그들을 마주 보았다. 다만 어쩔 수 없는 슬픔을 느꼈다. 특히 아이들이 물건을 훔칠 때 그런 감정을 느꼈다. 그들의 일생이 어떻게 흘러갈지 걱정스러웠다. 그러나 어떤 방식으로도 누군가의 인생에 관여할 생각은 없었다.

로는 신문을 펼쳐서 읽었다. 그가 접하는 건 정보나 사건이 아니었다. 신문 속에 과거의 모습이 있었다. 한때 로는 신문기자였다.

많은 사람을 만나고 많은 양의 기사를 작성했던 시절이 있었다. 젊은 날, 로는 누구보다 진지했고 열정적이었으며 인생에 대해 깊이 탐구했다. 늙어버린 자의 현명함이나 관조보다는 젊은 날의 열정을 소중히 여겼다. 어떤 역동 속에서 하루하루를 살았다. 젊음이 그토록 빨리 지나가는 것인지 그때는 미처 깨닫지 못했다. 인생에 대한 두려움보다는 호기심과 자신감이 충만했던 시절이었다.

로는 남들처럼 결혼을 했고 아들을 한 명 낳았다. 그리고 그 아들을 깊이 사랑했다. 하지만 아들을 오래 볼 수는 없었다. 결정적인 잘못은 로에게 있었다. 그것을 인생의 실수라고 할 수 있을까. 아니 실수라고 말하고 싶지 않았다. 그렇게 된다면 남는 것은 아무것도 없을 것이다. 인생에서 꼭 한 명만을 사랑해야 한다면. 그 사랑에 책임을 느끼고 그 영혼과 함께해야 한다면. 그렇다면 로는 아버지로서 자격을 잃은 셈인가.

처음부터 로는 결혼에 자신이 없었다. 결국 얼마 가지 않아 아내의 기대를 저버리고 말았다. 그게 하나의 배반이라면, 그로 인해 아내는 많은 것을 잃은 셈인가. 그래, 그럴지도 모른다. 결국 정신과 치료를 받아야 할 만큼 그녀의 정신과 육체는 큰 타격을 입었다. 그런 아픔은 좀처럼 회복되지 않는 법이었다.

로는 인생을 기만하고 싶지 않았다. 스스로를 속이고 싶지 않았고 아내 역시도 속이고 싶지 않았다. 그런 방식으로 인생을, 시간을 낭비하고 싶지 않았다.

로는 신문을 빠르게 훑었다. 폴란드의 대통령 내외가 비행기 사고로 죽었다는 기사가 크게 실렸다. 러시아제 비행기를 타고 가다가 목숨을 잃은 것이다. 러시아. 그리고 모스크바. 로는 잠시 눈을 감았다. 그 사람은 아직 모스크바에 있을까. 그 사람이 왜 모스크바로 갔는지 로는 알지 못했다.

아직도 추위와 고독 속에서 싸우고 있을까. 혹시 죽지는 않았을까. 그는 로보다 열여섯 살이나 많았으니 어쩌면 병원 신세를 지고 있을지도 모른다.

그 사람 역시 로의 소식을 알지 못했다. 그들의 인연은 이미 오래전에 끝이 났다. 잔인한 운명. 가혹한 운명이었다.

로는 무심코 자신의 한쪽 다리를 훑어보았다. 그 사람은 누구보다 로의 육체를 사랑해주었다. 그 사람 앞에서 로는 언제나 특별했다. 어린 시절부터 로는 자신의 전부를 던져 사랑할 대상을 찾아다녔다. 그리고 그런 시간이 오기만을 기다렸다. 그 대상은 막연히 여자일 거라고 생각했다. 여자의 존재는 아름답고 선정적이고 무엇보다 기쁨을 주었다.

젊은 날 로는 많은 여자들을 만나고 다녔다. 그저 만났다,라고밖에 말할 수 없는 관계. 그들을 깊이 사귀지 않았다. 여자들은 조금만 친절하게 대하면 쉽게 마음을 주었고 육체관계를 맺으려 했다. 그리고 집착이 시작되었다. 소유하려는 관계. 로가 원한 건 그런 게 아니었다.

여자들의 질투. 자신에게 매어두려는 욕망. 로는 그런 것을 원하지 않았다. 그것에 매혹당하지 않았다. 로는 지금껏 살아오면서 자신의 삶과 세계관을 무너뜨릴 만한 강한 적수를 원하고 있었다. 그저 만만한 상대를 만나고 싶지 않았다. 그랬기에 그런 상대를 기다렸다. 하지만 쉽게 나타나지 않았다. 물론 인생에는 언제나 배반이 숨어 있었다. 뭔가를 기대하고 희망을 가질수록 더 안 좋은 쪽으로 흘러갔다. 결혼한 후에도 로는 뭔가를 기다렸다. 아내에겐 바라는 게 없었다. 아내 역시 로에게 바라지 않았다. 처음엔 그런 부분이 마음에 들었다.

무엇보다 아내에겐 집요한 욕망이 없어 보였다. 그러나 인간을 알 수는 없었다. 섣불리 판단할 수는 없었다. 아내는 언제나 로에게 존댓말을 썼다. 단 한 번도 그를 무시하거나 폄하한 적이 없었다. 아내의 무심함. 때로는 그것이 마음에 들지 않았다. 잠자리에서조차 아내는 깍듯하게 예의를 갖췄다. 그걸 보면서 로는 회의에 빠졌다.

저 무심함이 사랑을 의미하지는 않는다고 로는 생각했다. 물론 아내는 부정했다. 인간적으로 그를 존경하며 높이 평가한다고 말했다. 존경이라니.

로는 그런 것을 원하지 않았다. 누구에게도 그런 대상이고 싶지 않았다. 살아갈수록 아내와 맞지 않는다는 걸 로는 깨달았다. 그들에겐 대화가 부족했다. 무엇을 욕망하는지 도무지 알 길이 없었다. 그즈음 로는 전보다 바빠졌다. 차라리 그것이

구원이 되어주었다. 스스로의 선택이 틀렸다는 것을 확인하고 싶지 않았다. 그럴수록 더 고독해졌다.

그 무렵 로는 자주 밖으로 돌아다녔다. 비행기를 타고 이 도시에서 저 도시로 헤매고 다녔다. 그러다가 그 사람을 만났다. 처음에는 그의 말을 말없이 듣기만 했다. 아무런 감흥도 설렘도 없었다. 격정도 폭풍도 없었다. 그 사람은 자기 주관이 강했고 지적이었으며 무엇보다 남자로서 자신감이 있었다. 인생이 무엇인지 타락이 무엇인지 알고 있었다. 함께 있는 동안 그 사람은 로에게 많은 얘기를 들려주었다. 그리고 질문을 던졌다. 로가 대답을 하면 그 사람은 다시 반박을 했다. 그들은 토론을 했고 서로 의견이 맞지 않으면 간혹 싸우기도 했다. 그리고 다시 침묵했다. 침묵은 길지 않았다. 함께하는 시간이 부족했기 때문이었다.

그들은 주로 항구가 보이는 호텔 방에서 만났다. 낮에 그를 만났던 기억은 없었다. 밤이 오면 로가 먼저 그곳으로 가서 기다렸다. 얼마 지나지 않아 그 사람이 문을 열고 들어왔다. 어딘가 모르게 지친 표정이었다. 그 사람은 소파에 앉아 말없이 담배를 피웠다. 그러면서 로의 육체를 관조했다.

열여섯 살 연상인 그는 작가이자 번역가였다. 어느 정도 사람들에게 알려져 있었다. 독창적인 그의 글은 사람들에게 충격을 주었다. 가끔 잡지나 신문에 글을 기고하기도 했다. 어느 날 그 사람의 글을 읽기 위해, 로는 신문을 뒤적인 적도 있었다.

그의 글과 사진을 봤을 때 로는 거리감을 느꼈다. 호텔 방에서 만났을 때와는 달라 보였다.

로는 글을 읽으며 그의 내면을 확인하려고 애썼다. 하지만 짧은 글에선 어떤 것도 확인할 수 없었다. 로를 매혹시킨 것은 그의 언어이자 숨결이었다. 육체이자 정신이었다. 지금껏 그 사람이 겪어온 인생에 내재되어 있던 고통이었다. 그의 생애는 순탄치 않았다. 처음부터 작가가 되기를 원하지 않았다. 어쩔 수 없는 운명에 이끌려 결국 펜을 쥔 것이다.

그 사람은 예술가가 된 자신을 혐오했다. 로의 직업 자체도 달갑지 않게 여겼다. 기자란 결국 지식인층에 속해 있으면서 대중을 기만하고 진실을 은폐하는 인간일 뿐이라고 단정 지었다. 로는 그 말을 부정하지 않았다. 로가 어떤 대상을 칭찬할 경우 그 사람은 가차 없이 질타했다. 그것은 허상일 뿐이며 가짜일 뿐이라고 주장했다. 일종의 질투였을까. 로는 어느 정도 그 의견을 받아들였다. 적어도 거부하지 않았다. 호텔 방에서 만난 건 고작 한 달 정도였다. 이후 그 사람이 살고 있는 집으로 갔다. 눈을 감으면 그가 머물던 공간을 기억할 수 있었다.

거실은 넓고 빈방이 많았다. 창밖을 내다보면 멀리 강이 흐르고 있었다. 여름날의 햇빛. 푸르게 우거져 있던 나무들. 방을 채우던 모과 향. 넓은 방에서 그는 집필했고 사색했고 새벽녘에 잠을 청했다. 그의 책상 서랍에는 권총이 들어 있었다. 권총을 본 순간 로는 불길한 예감에 사로잡혔다. 혹시 자살할 준비를 하고 있는 건 아닐까. 이 방에 들어온 누군가를 죽이려는 걸까. 로는 그와 함께 있는 것이 처음으로 두려워졌다. 이유를 묻고 싶었다. 하지만 그럴 만한 기회는 좀처럼 찾아오지 않았다. 로는 그에게 자주 전화를 걸었다. 그건 로답지 않은 행동이었다. 그 사람이 혼자 있다가 자신의 입속에 권총을 넣을 것만 같아서 불안했다. 그래서 자주 그에게 달려갔다. 비로소 자신에게 집착했던 여자들의 마음을 이해할 수 있었다. 도무지 이성으로 제어할 수 없었다. 이성이 마비된 것만 같았다.

그 사람은 로 옆에서 오래 살아남아야 했다. 죽지 않고 살아서 계속 글을 쓰며 인생의 타락에 대해, 비관에 대해, 슬픔에 대해, 죽음에 대해 떠들어야 했다. 더 많은 독자들을 확보하고 더 많은 명예를 얻고 더 많은 돈을 벌어 독자들을 함정에 빠뜨리며 철저히 그들을 조롱해야만 했다. 그건 그의 몫이었다.

어린 시절 그 사람은 밑바닥 계층이었다. 가난은 고통과 좌절을 안겨다 주었다. 그 속에서 그는 더없이 고독해졌고 거만해졌다. 그렇다고 해서 로가 그를 미워한 건 아니었다. 이미 육체는 늙어버렸지만 그에겐 더없이 사랑스러운 구석이 있었다. 때로는 냉소적이고 인간에 대한 환멸로 가득 찼지만 그의 언어는 생생하게 살아 있었다. 그렇게 많은 시간이 흘러갔다. 추억이라고 말할 수 있는 시간이. 무엇과도 바꿀 수 없는 긴 시간이 흘러갔다.

로는 일에 몰두하면서도 자주 그에게 달려가고 싶었다. 그의 품에 안겨 긴 휴식을 취하고 싶었다. 시간이 이대로 멈춘다면. 로는 자주 그런 생각을 했다. 그건 사랑에 빠진 자의 함정이었다. 떨쳐낼 수 없는 희망이자 마약이었다. 로는 인생이 계속 흘러간다는 것을 믿을 수 없었다. 삶이 유한하다는 것을 받아들일 수 없었다.

"로, 무슨 생각을 하지?"

그 사람은 자주 그렇게 물었다. 로는 대답할 수 없었다. 자신의 들끓는 내면을 언어로 전달할 수 없었다.

"로, 자네의 육체를 봐. 아직 젊어. 무엇보다 아름다워. 그렇게 심각할 건 없어."

그와의 추억. 서로의 몸을 탐했던 시간들. 거기엔 격정과 환희가 있었다. 고독이 있었다. 하나가 될 수 없다는 괴로움이 있었다. 섹스는 그저 순간에 지나지 않았다. 섹스를 하기 위해 그를 사랑한 건 아니었다. 로는 누군가에게 그에 대한 얘기를 마구 지껄이고 싶었다. 아니 너무 소중해서 발설하고 싶지 않았다. 그때마다 로는 불안을 느꼈다. 그와 헤어지게 될 것을 예감하고 있었다. 그리고 곧 자신의 인생에 치명적인 상처를 남기게 되리라는 것을 알고 있었다. 그즈음 로는 그동안 많은 여자들과 잠을 잤다고 그에게 고백했다.

"그래? 나도 마찬가지야. 하지만 그것은 인생의 한 경험에 지나지 않지. 여자는 그저 정복해야 될 대상일 뿐이야. 아무 의미도 없어. 섹스도 마찬가지이야. 의미를 둘 필요는 없지. 가능하다면 더 많은 여자와 섹스를 해봐. 더 많은 여자들을 정복해봐. 그 속에서 죽음을 볼 수도 있지. 결국 죽음만이 인간을 고독하게 만들 뿐이야. 그것만이 우리를 파멸시킬 뿐이지."

그 사람은 로를 질투하지 않았다. 조롱 섞인 말을 던지지도 않았다. 로가 그렇게 말한 것은 일종의 고해성사였다. 지난날 상처를 준 여자들에 대한 미안함이었다.

"아니야. 그것은 오만함에 지나지 않지. 어쩌면 그 여자들은 오래전에 로를 잊었는지도 모르지. 그래, 그랬을 테지. 여자들은 결국 그런 존재니까. 도무지 믿을 수 없거든. 인간이란 결국 마찬가지지. 희망을 찾는다는 건 불가능해. 그러니 죄책감을 버려. 조금 더 잔인해져도 좋지. 잔인해져봐. 그런 건 빠를수록 좋지."

그 사람은 소파에 기대어 아편을 피우며 말했다. 그의 모습은 이미 인생을 다 살아버린 늙은이처럼 보였다. 그의 얼굴엔 인생에 대한 증오와 체념이, 관조와 쓸쓸함이 남아 있었다.

"불가능한 일이야. 희망을 버려. 인간을 사랑한다는 건 불가능한 일이야."

그는 강한 어조로 말했다.

"그렇다면 지금 이 시간은 대체 무엇입니까?"

로는 결국 묻고 말았다. 그 사람이 어떤 생각을 하는지 궁금했다. 그의 언어를 남김없이 받아들인 뒤 삼켜버리고 싶었다. 그때마다 그의 시선은 먼 곳을 향해 있었다.

"로는 아직 젊어. 위태롭고 불안해. 그건 모두 욕심에서 비롯된 것이지. 구원은 없어. 어디에도 없어."

소유할 수 있는 건 없었다. 그와 함께 있는 시간만이 로를 지배했다. 결국 그라는 하나의 세계관이, 하나의 배반이, 그 누구도 무너뜨릴 수 없는 하나의 왕국이 있었다. 그 안에서 로는 백성처럼 먹고 마시고 잠을 자고 휴식을 취했다.

"삶을 조금 더 느껴야 할 필요가 있지. 고독을 들여다봐. 그런데 조심해야 할 필요도 있지. 대부분의 고독은 거짓에 불과하니까. 특히 예술가들이 부르짖는 고독은 거의가 거짓이지. 다 사기꾼들이지. 결국 알게 될 거야. 하지만 그런 순간이 오면 늙었다는 걸 알게 되겠지. 결국 삶이 끝나는 거지. 죽음만이 남게 될 거야."

로는 그 순간 여자와 잠을 자고 싶었다. 그렇다 해도 그 사람은 상처받지 않겠지만 그가 보는 앞에서 가장 원초적이고 에로틱한 자세로 섹스를 하고 싶었다. 그의 연륜. 그의 지식과 권위와 오만 앞에서 로는 힘없이 무너지는 걸 느꼈다.

그즈음 로는 아내와도 멀어지고 있었다. 아내는 이혼을 원하면 얘기해달라고 했다. 아내는 뭔가를 참고 있었다. 어느 때는 너무 고통스러워했다. 로는 뭔가 결단을 내려야 했다. 하지만 아들이 늘 마음에 걸렸다. 아들을 깊이 사랑한다고 하면서도 멀리하고 있었다. 죄책감. 어린 아들에게 자신의 모든 것을 설명할 수 없었다. 로는 아들과 대화하는 대신 깊은 잠을 청했다. 잠이 유일한 도피처가 되어주었다. 아들은 로에게 묻지 않았다. 떼를 쓰지 않았다. 나이에 비해 지나치게 조숙했다.

아들을 마지막으로 본 것은 8년 전 겨울이었다. 스무 살이었던 아들은 전과 다르게 변해 있었다. 고독하고 어딘가 모르게 음울해 보였다. 아들은 대학에서 철학을 공부하겠다고 했다. 로는 그 의견을 존중했다. 아들이 원하는 일을 하면서 살게 되기를 로는 바랐다. 아들은 모스크바로 유학을 가겠다고 했다. 유학 자금이 필요하다고 했다. 오랫동안 기자 생활을 해왔으므로 로는 아들에게 돈을 보내줄 수 있었다. 하지만 떠난 아들은 가끔씩 연락을 했을 뿐 고국을 잊고 지내는 듯했다. 로 역시 한동안 아들은 잊고 지냈다.

아들이 떠난 집은 한없이 쓸쓸했다. 아내는 로에게 말을 걸지 않았다. 그들 사이엔 대화가 없었다. 로는 좀처럼 아내에게 요구를 하지 않았다. 혼자 음식을 해 먹었고 다른 방에서 TV를 봤다. 집에 있는 날은 한 달에 열흘도 채 되지 않았다. 아내는 병든 사람처럼 야위어갔다. 그리고 한없이 예민해졌다. 마주칠 때마다 짜증을 냈고 조롱 섞인 말을 던졌다. 신혼 무렵, 로에게 깍듯하게 대했던 모습은 더 이상 찾아볼 수 없었다.

"당신과 함께하는 게 지쳤기 때문이에요."

아내는 숨김없이 말했다. 어쩌면 그와의 관계를 알고 있을지도 모른다. 로는 생각했다. 물론 자신에게도 과감하고 무모한 면이 있었다. 로는 서서히 아내에게 발길을 끊었다. 신문사 근처에 오피스텔을 얻어 그곳에서 혼자 생활했다. 그리고 얼마 후 아들에 대한 소식을 들었다.

모스크바에 있던 아들이 죽었다고 아들의 룸메이트가 전화를 걸어왔다. 독극물에 의한 자살이라고 했다. 아들의 룸메이트는 죄송하다고 반복해서 말할 뿐이었다. 그러면서 한참을 흐느꼈다. 살아오면서 줄곧 평정을 잃지 않았던 아내는 방 안에서 울부짖었다. 고통스러운 울음이었다. 로는 밖으로 뛰쳐나가고 싶었다. 하지만 그럴 수 없었다.

로는 다른 방에서 흐느꼈다. 아들에게 어떤 고뇌가 있었는지, 어떤 절망이 도사리고 있었는지 짐작할 수 없었다. 모든 책임은 로에게 있었다.

그날 아내는 한 차례 손목을 그었다. 하지만 얼마 후에 깨어났다. 한 사람의 죽음이, 아들의 죽음이 남은 사람들을 얼마나 처절하게 괴롭히는지 로는 지켜보았다. 어쩌면 로가 아들을 괴롭힌 건지도 모른다. 결국 아내가 깨어나는 것을 지켜본 후에 로는 그 사람의 집으로 달려갔다. 문은 굳게 닫혀 있었다. 로는 문을 두드리며 밖으로 나오라고 소리쳤다. 모든 것은 당신과 나의 잘못이라고 말하면서 흐느꼈다. 결국 로는 문 앞에서 무릎을 꿇었다. 얼마간의 시간이 흐른 뒤, 열쇠 수리공을 불러 문을 열고 들어갔다.

그 사람은 거실에 쓰러져 있었다. 약에 취한 흔적이 역력했다. 로는 가만히 잠들어 있는 그의 얼굴을 내려다보았다. 이따금 그가 마약을 한다는 것은 알고 있었다. 약에 취해서 집필을 한다는 것도. 그 글을 읽고 독자들이 흥분한다는 것도 알고 있었다. 누군가는 그런 그를 질투한다는 것도 알고 있었다.

로는 그의 서재로 발길을 돌렸다. 책상 앞으로 다가갔다. 원고가 쌓여 있었다. 그의 필체를 바라보았다. 아무것도 눈에 들어오지 않았다. 의식이 마비된 것만 같았다. 그 순간 그토록 사랑한다고 생각했던 그에게 맹렬한 증오를 느꼈다. 로의 내면은 지금 지옥 자체인데, 한낱 글이나 쓰다가 마약에 취해 쓰러져 있다니. 로는 당혹스러웠다. 그러자 곧 절망이 찾아왔다.

그날, 로는 아들의 죽음이 자신의 삶에 파탄을 몰고 올 것이라는 걸 예감했다. 로는 바닥에 주저앉아서 울었다. 흐느낌은 좀처럼 잦아들지 않았다. 그 시간 아내는 계속 로에게 전화를 걸어왔다. 죽여버리겠다고 아내가 소리쳤다. 누구를 죽여버린다는 말인가. 로를? 그녀 자신을? 지금까지의 과거를? 자신의 생애를? 모든 것을? 아내는 지금 당장 모스크바로 가겠다고 소리쳤다.

로는 전화를 끊어버렸다. 결국 거실로 나가 술을 마셨다. 그러다 그의 곁에 놓인 마약에 손을 댔다. 로를 위로할 수 있는 건 지상에 아무것도 없었다. 그렇게 믿었던 사랑조차도 위안이 되지 못했다. 얼마 후에 다시 전화벨이 울렸다. 로를 찾는 것인지 그를 찾는 것인지 알 수 없었다. 로는 아무것도 묻지 않았다. 누구냐고 묻지 않았다. 다만 귀를 막은 채 소파에 등을 기대었다.

그날 꿈에서 아들의 환영을 보았다. 아들의 눈길은 싸늘했다. 원망과 증오가, 적의와 슬픔이 뒤섞여 있었다. 로는 아들을 애타게 불렀다. 아들은 좀처럼 뒤를 돌아보지 않았다. 돌아오지 않았다. 그게 마지막이었다.

아들에 대한 추억은 가슴에 남아 있지 않았다. 아들에게 해준 게 없었다. 그 어떤 기억도 만들어주지 못했다. 로는 자책할 수밖에 없었다. 그동안 인생을 잘못 살아왔다는 후회와 죄책감에 시달려야 했다. 이미 깊은 강을 건너온 것인가. 다시 일상으로 돌아가는 건 쉽지 않은 일인가. 먹고 마시고 취하고 떠들고 기사를 작성하고, 일상에서 누려야 할 모든 기쁨과 피로와 짜증과 절망을 받아들이는 건 어려운 일인가.

아들이 떠난 뒤 한동안 로의 시간은 정지되었다. 그 사람에게선 더 이상 연락이 없었다. 로는 마약에 취해 있던 그 사람을 용서할 수 없었다. 한참 후에 그를 만났을 때 그는 이미 아들의 죽음을 알고 있었다. 섣불리 위로의 말 같은 건 하지 않았다.

"휴식을 택한 건지도 모르지. 용기 있는 자야. 로의 아들이어서 그런가."

그는 로를 비꼬고 있었다. 아니, 아들을 비꼬고 있었다. 로는 결국 그의 멱살을 잡고 거칠게 뺨을 때렸다. 인생에 대한 그의 비관적인 시선이 그 순간만큼은 참혹하고 끔찍했다.

그 사람은 식탁으로 가서 위스키를 두 병이나 비워냈다. 로

는 사소한 그의 표정까지 놓치지 않고 지켜보았다. 적어도 그
순간만큼은 로의 심정을 이해한다고, 절망을 이해한다고 말했
어야 했다. 하지만 그러지 않았다. 로는 미친 사람처럼 웃어댔
다. 그러다 식탁 앞에 앉아 있는 그에게 다가가 무릎을 꿇었다.
로의 얼굴에는 웃음과 눈물이, 자포자기와 체념이 남아 있었
다. 그는 담배를 피우며 로를 향해 불똥을 던졌다.

"적어도 내가 원한 건 이런 게 아니야."

로는 처음으로 반말을 했다. 그 순간 자신에게 깊은 연민을
느꼈다. 그날, 로는 식탁 앞에서 그와 섹스를 했다. 거칠고도
폭력적인 섹스였다. 결국 로는 위스키 병을 집어던졌다. 결국
병은 산산조각이 났다. 이성을 잃은 로의 모습을 보고도 그 사
람은 놀라지 않았다.

"죽음은 곧 광기를 의미하지. 남은 사람들이 미쳐버릴 수도
있지. 하지만 그것 또한 죽음 앞에서 하나의 포즈에 지나지 않
아."

그 사람은 여전히 로를 가르치고 설득하려 했다.

"권총."

로는 신음을 하다 말고 그의 귀에 대고 속삭였다.

"당신의 권총 말입니다."

"그래."

"그걸 왜 서랍 속에 숨겨두었습니까?"

"말하자면 복잡해. 로, 요즘도 꿈을 꾸나?"

로는 고개를 끄덕였다.

"물론 악몽이겠지."

그 사람은 이미 많은 걸 알고 있었다.

"그래, 결국 그런 거지. 인간을 괴롭히는 건 꿈이지. 괴로운 건 현실이 아니거든. 나 역시 악몽을 꾸지. 내 꿈에 나타나는 자가 있거든. 언제든 그자를 쏘려고 준비해뒀지. 건방지게 감히, 내 앞에 나타난단 말이야. 난 그걸 인정할 수 없지. 내 앞에 나타나는 자는 분명 신이야. 결국 신을 살해하기 위해서."

"당신의 글로써 살해할 수도 있지 않습니까?"

"천만에. 아무것도 할 수 없지. 글은 그저 소유에 지나지 않아. 집착일 뿐이지. 다 부질없지. 소용없는 짓이야. 결국 사라지고 마는 거지."

"그렇다면 당신의 독자들은 무엇입니까?"

"나는 독자들을 아주 우습게 여기지. 누구보다 경멸하지. 그들만큼 멍청한 인간들도 없으니까. 고작 작가들을 동경하는 인간이라니. 결국 그들을 속이기 위해 쓰는 거지. 누군가를 속이는 재미. 거기에 쾌락이 있으니까."

"당신의 오만함, 당신의 어리석음, 당신의 차가움. 때로는 그것을 견딜 수가 없습니다."

"무서운 건 내가 아니지. 로 자신 아닌가? 권총이 두렵듯이. 그걸 본 순간 누구보다 두려웠듯이."

로는 고개를 저었다. 두려움을 인정하고 싶지 않았다. 어쩌면 로와 그 사람은 비슷한 인간일지도 모른다. 그런 생각을 하면서 로는 옷을 입었다. 그리고 마지막으로 그와 키스를 했다. 그의 목과 얼굴에 새겨진 주름들이 아름답게 보였다. 그때부터 로는 울기 시작했다. 살아 있다는 것, 그 자체가 두려웠다. 그리고 아내, 아내에게도 해줄 말이 있었다.

그즈음 아내는 정신과 치료를 받고 있었다. 전과 다르게 말할 수 없을 만큼 늙은 여자로 변해버렸다. 자신의 의지와는 상관없이 삶이 파탄 나버린 여자. 한때 많은 것을 소유했던 여자. 피 흘리며 아이를 낳았던 여자. 아들을 모스크바로 보내버린 여자. 결국 아들을 잃은 여자. 젊은 날 아내에게서 느껴졌던 맑은 기운은 사라져버렸다. 방문을 열면 침대에 초라하게 늙은 여자가 누워 있었다. 그런 아내를 보면서 로는 그의 책상 서랍 속에 숨겨진 권총을 떠올렸다. 그것을 말없이 아내에게 건네주고 싶었다.

그렇게 그리우면 따라가라.

가서 돌아오지 마라.

재가 된 당신을 나무 아래에 묻어주겠다.

꽃이 많이 피는 곳에 묻어주겠다.

절망하겠다. 오래도록 절망하겠다.

그리고 잊겠다.

모른 척 살아주겠다. 결국 그렇게 살아주겠다.

로는 조용히 속삭였다. 그즈음 아내는 로에게 죽여달라고 사정했다. 원망 같은 건 하지 않을 테니 자신의 목을 서서히 조르라고 아내는 부탁했다. 로는 아내가 머물고 있는 방이, 그 거대한 방이 두려울 뿐이었다.

그 모든 기억.

추억이라고 말할 수 없는 기억.

모든 것이 로의 가슴에 남아 있었다.

로는 말없이 과거를 받아들였다. 운명을 받아들였다. 인간은 현재를 살아야 한다. 현재만을. 현재만을 생각하고 나아가야 한다. 가능하다면 미래도 생각해야 한다. 로는 중얼거렸다. 가끔 죽은 자가 되살아나 괴롭히곤 했지만 언제까지 거기에 머무를 수는 없었다. 모든 것은 자신이 선택한 것이다. 모든 것을 버린 것이다. 로는 그렇게 결론을 내렸다.

그리고 이 거리. 로가 앉아 있는 거리. 어디선가 가끔씩 총소리가 들려왔다. 그때마다 로는 화들짝 놀라곤 했다. 혹시 잘못 들은 걸까. 로는 자신의 한쪽 다리를 매만졌다. 아직 살아 있었다. 그것은 가능성을 의미했다. 무엇에 대한 가능성? 앞으로의 삶이 지금보다는 나아질 거라는 가능성? 하지만 우스운 일이었다.

나아진다는 것은 무엇을 의미하는가. 파탄은 무엇을 의미하는가. 좌절은, 고뇌는 무엇을 의미하는가. 인간은 희망을 필요로 하지만 이미 너무 많은 것을 겪어본 자에게 그것은 그저 쓸모없는 것에 지나지 않는다. 늙은 자에게 그것은 부질없는 욕

망일 뿐이다. 그렇다면 이제 늙은 것인가? 젊은 날, 로는 늙은
자들에게 알 수 없는 거부감을 느끼면서도 동시에 그들에게 매
혹당했다. 그 감정은 오랜 시간 지속되었다.

지금 이 거리에는 젊음과 늙음이 공존하고 있었다. 가난과
부가, 나태함과 활기가 뒤섞여 있었다. 로는 아직 자신이 세상
에 존재한다는 것을 깨달으면서 새삼스럽게 웃었다. 그러면서
도 여전히 누군가를 기다렸다. 지금껏 한 번도 만나지 못한 낯
선 자를. 자신을 쓰러뜨릴 누군가를, 강한 적수를, 어떤 침입자
를 기다렸다. 하지만 그 시간은 오래가지 않았다. 로는 슬픔을
느끼면서 고개를 돌렸다.

*

폭우가 멈춘 날, 여는 경찰서로 끌려왔다. 누군가 그녀를 신
고한 것이다. 경찰관은 그녀에게 많은 질문을 했다. 하필 왜 그
시간에 폐차장에 있었던 것인지, 대체 거기서 뭘 하고 있었던
것인지 끊임없이 캐물었다.

여는 다만 빗소리를 듣고 있었다고 대답했다. 그러다 낯선
차 안에서 잠이 들었다고 했다. 하지만 경찰관은 그런 그녀를
수상하게 여겼다. 근래에 일어난 범죄의 행적을 살피면서 그녀
와 관련이 있는지 의심했다. 하지만 아무런 단서도 찾을 수 없
게 되자 그녀를 풀어주었다.

밖으로 나오자 거센 바람이 불고 있었다. 짙은 황사가 시작되고 있었다. 나무와 건물 들을 집어삼킬 것만 같았다. 그녀는 마스크를 꺼내 입을 가렸다. 사실 폐차장에서 그렇게 오래 자게 될 거라고는 예상하지 못했다. 갑자기 누군가 악을 쓰는 바람에 깨어나고 말았다. 폐차장 주인으로 보이는 한 남자가 싸늘한 눈빛으로 그녀를 내려다보고 있었다. 신고를 받고 출동한 경찰이 그녀에게 다가왔다. 그녀는 말없이 경찰차에 올라탔다. 차를 타고 가는 동안 그녀는 두려움보다는 편안함을 느꼈다. 경찰관은 줄곧 냉랭한 표정을 지었다. 어딘가 모르게 사내와 닮아 있었다.

그날 있었던 일을 생각하면서 그녀는 공원 쪽으로 걸었다. 바닥에는 아직 물기가 남아 있었다. 공원 관리소 안은 텅 비어 있었다. 한 달 전쯤 이 공원에서 불길한 사건이 일어났다는 것을 알고 있었다. 누군가 공원 관리인의 등을 찌르고 달아난 것이다. 다행히 관리인은 사망하지 않았다. 그러나 사건이 있은 후 공원의 인적은 뚝 끊겼다. 범인이 노숙자일지도 모른다고 그녀는 짐작했다. 관리인이 이따금 노숙자들을 멸시하며 쫓아냈다. 노숙자는 공원에서 마주치는 사람들에게 행패를 부렸다.

바닥 어디쯤에 피가 고여 있을지도 모른다는 생각을 하면서 그녀는 계속 걸었다. 한동안 어떤 생각에 사로잡혔다. 지난밤 사내가 그녀의 집에 방문했는지 궁금했다. 휴대전화를 확인했지만 부재중 전화는 찍혀 있지 않았다. 무심코 공원 내에 있는 공중전화 앞으로 다가갔다. 휴대전화 대신 그녀는 증거가 남지 않는 공중전화를 택했다. 신호음이 길게 울렸다. 잠시 후 낯선 여자가 전화를 받았다.

"여보세요?"

차갑고 오만한 여자의 목소리였다. 여는 상대가 누구인지 알고 있었다. 경찰관의 부인이었다.

"여보세요?"

부인이 다시 한 번 말을 이었다. 여는 바로 전화를 끊어버렸다. 잠시 후 그녀는 그가 일하고 있는 경찰서로 전화를 걸었다.

"그분은 지금 자리를 비웠습니다."

그녀는 주위를 둘러보았다. 어디선가 불길한 사건이 또 일어날 것만 같았다. 사실 그녀는 모든 사건이 빨리 종결되기를 바랐다. 아니, 한편으론 더 많은 범죄가 일어나기만을 바랐다. 범죄 속에서 그녀는 카타르시스를 느꼈다. 누군가 일을 저지르고 있었다. 누군가 그녀 대신 감옥에 갇혀 있었다. 음모. 그들의 용기가 가상하고 부러웠다. 동시에 자신에게 그런 일들이 일어날까 봐 두려웠다.

어쩐지 이 도시는 범죄와 잘 어울렸다. 그녀의 출생도 한편으론 불길한 사건이 틀림없었다. 그녀는 공원 한가운데서 잠시 그의 부인을 생각했다. 한 남자를 두고 두 여자가 서 있었다. 아니 한 남자와 여 사이에 그의 부인이 끼어 있었다.

"그 사람이 얼마나 오만한지 알고 있지요? 그의 야망이 얼마나 큰지 알고 있지요? 결국 당신을 택하지 않을 거라는 거 알고 있지요?"

언젠가 그의 부인은 그렇게 말한 적이 있었나. 적어도 그녀 앞에서 괴로워하지 않았다. 그렇다고 여가 질투를 느낀 것도 아니었다. 그의 부인이라고 해서 그런 감정을 느낄 필요는 없었다.

다만 한 가지 의심되는 게 있었다. 결혼 5년차임에도 불구하고 그들에겐 아이가 없었다. 그게 늘 마음에 걸렸다. 아이가 있다면 질투심에 휩싸였을 것이다. 그녀는 스스로를 잘 알고 있었다. 그러나 그보다 더 오만하고 야심에 찬 사내를 알게 된다면 언제든지 그를 배반할 수도 있었다. 누군가를 먼저 배반할 수 있다는 게 마음에 들었다. 가혹하고 냉정한 면이 있다는 게.

"왜 아직 아이가 없지요?"

여는 그의 부인에게 물었다.

"건방지군."

"왜 없지요?"

다소 무례할 수도 있는 질문을 건넸다. 적어도 부인 앞에선 주눅이 들지 않았다. 죄를 짓고 있다는 생각조차 들지 않았다.

"감옥에 처 넣을 수도 있어. 명심해."

부인은 경찰관을 깊이 사랑하고 있었다. 그의 부인이 사내에게 어떤 말을 전했을지, 그가 어떤 방식으로 부인을 달랬을지 궁금하지 않았다. 다만 그들의 관계를 훼방 놓고 싶었다. 그런 관계 속에 여가 있었다.

관계 바깥에 여가 있었다. 그들의 관계는 너무 단단해서 쉽게 끼어들 수 없었다. 아니, 너무 허술해 보였다. 언제가 될지 모르지만 다시 폭우가 쏟아지길 기다려야만 했다. 그것은 일종의 계시처럼 느껴졌다. 살아 있다는 계시. 저주와 증오로 가득 찬 삶에 대한 계시. 더 이상 부인에 대해선 생각하지 않았다.

그때 누군가 여의 팔을 붙잡았다. 공원 관리인이 눈앞에 서 있었다.

"요즘 누구도 여길 산책하지 않는데, 조심하는 게 좋을 겁니다. 나처럼 당하지 않으려면."

관리인이 말했다.

"다행히 죽음은 피했군요."

"하마터면 송장이 될 뻔했지. 아직도 여기 등에 붕대를 감고는 있지만."

"어땠나요?"

"뭐가?"

"칼에 찔린 그 순간이."

여는 궁금했다. 관리인은 눈길을 피했다.

"잘 모르겠군."

"죽음으로 향하던 그 순간 말이에요."

"죽음이라."

"그래요, 죽음이에요."

"그렇게 단정적으로 말하다니 듣기 싫군."

"말하고 싶지 않은 거겠죠."

관리인이 싸늘한 눈길로 그녀를 져다보았다.

"죽음에 대해선 누구나 피하고 싶은 거 아니겠소?"

"누구나 그런 건 아닐 텐데요."

"누구나 그렇지. 대개 자신을 속이는 것일 뿐. 남의 죽음에 대해선 말하기 쉽지."

"그런가요?"

"하지만 정작 당한 사람은 그 순간을 말로 표현하기 어렵지. 뭔가 학대받는 느낌. 아니 해방되는 느낌."

"범인은 누군가요?"

그녀는 기어이 묻고 말았다. 한 번쯤 범인을 만나고 싶었다. 그와 악수를 나누고 싶었다. 하지만 그는 지금 어디에 숨어 있는 건가? 어디에서 조롱하고 있는 건가?

"다행히 얼굴은 보지 못했지. 다만 신문지로 얼굴을 가리고 있더군. 의자에 누워서 잠을 청하던 자를 내가 깨운 셈이지. 돌아서려는데 갑자기 내 등을 찌르더군. 사람들은 말다툼을 했다고 하지만 일방적으로 당했지."

"그렇군요. 어둠 속에서 잠들어 있던 게 편했던 거 아닐까요?"

"그래, 그자의 모습은 편안해 보이더군. 하지만 그런 모습이 불쾌해져서 나도 모르게 그자를 깨우고 말았지. 편안하게 누워서 잠들어 있는 자들을 보면 괴롭히고 싶거든. 공원의 어둠이, 적막이 두렵더군."

그녀는 갑자기 불쾌해졌다.

"당신에게도 어느 정도 잘못이 있군요?"

관리인은 놀라서 그녀를 쳐다보았다.

"잘못이라니?"

"잠든 사람을 괴롭혔으니 말이에요."

"괴롭힌 건가?"

"그런 게 아니고 뭐죠?"

관리인은 한동안 말이 없었다.

"어쨌든 이런 날은 조심하게는 게 좋지. 혼자 공원을 산책하는 것보다 다른 곳으로 가보는 게 좋을 거요."

관리인은 고개를 돌렸다. 그러더니 말없이 자리를 떠났다. 검은색 점퍼를 입고 있는 남자. 그녀는 그의 등을 빠르게 훑어보았다. 칼에 찔린 흔적은 찾아볼 수 없었다.

저 멀리 긴 의자가 놓여 있었다. 그녀는 의자로 다가갔다. 불길한 의자라는 생각이 들었다. 바닥에 핏물이 떨어져 있는지 확인했다. 다행히 핏자국은 보이지 않았다. 관리인의 피. 아니면 다른 사람의 피. 그녀는 초조해하면서 걸음을 옮겼다. 공원을 빠져나온 후에야 주위를 둘러보았다. 멀리 어린이집이 보였다. 불이 꺼진 집.

한때 그녀는 어린이집에서 근무한 적이 있었다. 누구보다 아이들을 눈여겨본 적이 있었다. 방치된 아이들. 가난한 집에서 태어난 아이들. 사랑을 구걸하는 아이들. 그들을 볼 때면 이상하게도 욕망이 생겼다.

부모의 방치 속에서 자라난 아이들은 확연히 눈에 띄었다. 그들이 어떤 운명을 갖게 되는지 그녀는 잘 알고 있었다. 가슴에는 증오와 체념이, 절망이 도사리고 있을 터였다. 누구보다 제도권 밖으로 뛰쳐나오기 쉬울 터였다. 그녀는 아이들에게 애정을 베풀지 않았다. 그럴 필요는 없었다. 간혹 미소만 지을 뿐이었다. 그러나 그것은 철저한 위선에 불과했다.

어린이집 원장은 그녀를 못마땅하게 여겼다. 원래 그렇게 웃음이 없느냐고 일부러 노력이라도 해보라고 타박을 했다. 그것은 질타에 가까웠다. 빠른 시일 내에 직장에서 해고될지도 모른다고 그녀는 생각했다. 그날부터 가끔 다정한 목소리로 아이들의 이름을 불렀다. 간혹 아이들의 머리카락을 쓸어 넘기기도 했다.

아이들은 도망을 다니기에 바빴다. 어린이집에는 다른 선생들이 있었지만 그들의 미소 또한 오래가지 않았다. 그들 역시 어딘가 모르게 불안한 표정을 지었다. 월급은 초라할 정도로 적었고 그에 비해 일은 너무 많았다. 원장은 경력이 오래된 선생을 선호하지 않았다. 대개 사회생활을 시작한 지 얼마 되지 않은 이십대 초반의 여자들을 채용했다. 경력이 오래될수록 골치 아픈 일이 생겨난다고 원장은 믿었다. 나이가 어릴수록 다

루기도 한결 쉬울 터였다. 원장은 자신에게 사람 보는 안목이 있다고 확신했다.

원장은 누구보다 위선에 가득 찬 인간이었다. 상대가 없을 때 여선생들은 물론 아이들과 학부모까지도 비난했다. 원장에겐 아이들을 대하는 관대함마저 부족했다. 아이들이 울음을 터뜨릴 때마다 자주 짜증을 부렸다. 게다가 원장은 지나칠 정도로 돈에 집착했다.

언젠가 원장은 아이들의 검은 머리통이 돈으로 보인다고 고백한 적이 있었다. 여선생들은 서로의 눈을 마주치면서 말없이 식사에 열중했다. 아이들에게 먹이는 것은 값싼 음식들이었다. 남은 음식은 다음 날 다시 아이들에게 먹였다. 선생들은 죄책감을 느끼지도 않았다.

그녀가 근무를 한 1년 동안 선생들은 수시로 바뀌었다. 시간이 갈수록 원장은 면접 보는 일을 즐기는 듯했다. 그사이 학부모들의 불만이 이어졌다. 그때마다 원장은 여러 이유를 대며 학부모들의 마음을 돌리기 위해 애를 썼다.

어린이집의 실내는 한없이 어두웠다. 건물의 구조상 햇빛도 잘 들지 않았다. 돈을 아낀다는 명목으로 형광등조차 쉽게 바꾸지 않았다. 언젠가 여는 자비를 털어 직접 형광들을 교체한 적이 있었다. 그날 그녀는 책상에 올라갔다가 발을 헛디뎌 무릎을 심하게 다쳤다. 선생들은 물론 아이들까지 몰려들어 상처를 확인하려고 했다. 그들 앞에서 바지를 걷어 올렸을 때, 기다렸다는 듯 피가 흘렀다. 그걸 본 여선생들은 걱정보다는 경멸 섞인 시선을 보냈다. 사람들 앞에서 자신의 상처를 확인했다는 것 때문에 그녀는 자존심이 상했다. 하지만 누구도 그때의 일을 언급하지 않았다.

원장은 형광등을 교체했다는 것을 금방 알아차렸다. 그러나 침묵으로 일관했다. 원장이 오랫동안 혼자 살아온 여자라는 걸 여는 쉽게 눈치챘다. 단 한 번도 남자의 손길을 받아본 적이 없는 것 같았다. 그 순간, 오래전 함께 살았던 중년 여인과 여인의 늙은 시어머니가 떠올랐다. 그들과 다를 게 없어 보였다.

아주 가끔 어떤 여선생의 애인이 어린이집 앞으로 찾아왔다. 그때마다 원장은 그들의 사생활을 간섭하고 참견했다. 누구도 그런 원장 밑에서 오래 근무를 할 수는 없을 것이라 그녀는 예감했다. 그래도 1년이라는 시간을 버틸 수 있었던 것은 원장에게 별다른 불만을 드러내지 않았기 때문이었다. 때때로 아이들을 대하는 그녀의 눈빛은 불길하고 공허했다. 어느 때는 아이들이 자신의 자궁을 찢고 세상으로 나온 것 같았다. 비위생적인 음식을 먹이느니 아이들을 데리고 폐차장으로 산책을 가고 싶었다. 그곳으로 데려가 실컷 음식을 먹이고 긴 휴식을 취하고 싶었다. 웃고 떠들고 즐기고 뛰어다니고 싶었다. 돈이 생기면 그녀는 가장 먼저 폐차장을 소유하고 싶었다. 갈 곳 없는 인간들의 천국으로 만들고 싶었다.

그동안의 인생은 너무 길고 피로했다. 다시 처음의 그곳으로 돌아가고 싶었다. 죽은 아이를 살려내고 갓 태어난 아기들에게 모유를 먹이고 싶었다. 그곳에서 버려진 개와 고양이 들을 키우고 싶었다. 생활은 그런대로 큰 불만 없이 흘러갈 것이다. 그것은 아무도 꿈꾸지 않는 희망, 우스운 희망, 값싼 희망이었다. 폐차장은 어디에나 있었다. 그녀의 가슴에, 그리고 자궁 안에 있었다.

공원을 빠져나오자 마스크를 쓴 사람들이 어디론가 걸어가고 있었다. 그들은 사람이 아니라 하나의 기계처럼 보였다. 그녀는 그들을 외면한 채 계속 걸었다. 살아서 모든 것을 견뎌야 한다고, 타락한 이 삶을 견뎌야 한다고 속삭였다.

어느새 그녀는 성당 앞에 도착했다. 주변은 조용했다. 잠시 성당으로 들어갈까 생각하다가 걸음을 멈추었다. 저 멀리 낯익은 사람이 보였다. 길바닥에 앉아 신문을 들여다보고 있는 사람.

누구였더라?

목발.

저 오래된 양복.

갑자기 그녀는 소스라치듯 놀라고 말았다. 저자가 대체 여기에서 뭘 하고 있는 건가? 누군가 그 앞에서 껌을 사고 있었다. 손님에게 돈을 건네받는 그의 얼굴을 유심히 쳐다보았다. 제때 깎지 않은 턱수염, 짙은 눈썹, 희끗한 머리카락, 날렵한 턱선. 자세히 보니 혐오스런 얼굴은 아니었다. 그자는 손님과 대화를 나누다가 웃음을 보였다. 그의 눈가에 잔주름이 깊게 패었다. 여는 갑자기 그자의 과거가 몹시 궁금해졌다. 어떠한 이유로 한쪽 다리를 잃게 된 건지 궁금했다. 하지만 그녀는 재빨리 고개를 돌렸다. 눈이 마주쳤기 때문이었다. 뭔가를 들킨 것 같아서 그녀는 한 걸음 뒤로 물러섰다. 타인을 의식하는 건 그녀와 어울리지 않았다. 언제나 무관심하고 무덤덤한 채로 타인을 대하곤 했다. 아마 앞으로도 그럴 터였다.

어쩌면 바닥에 앉아 있는 저 사람은 고독한 사내일지도 모른다. 그녀는 그렇게 생각했다. 장애를 안고 사는 것은 몸속에 또 다른 슬픔을 안고 사는 거라고 생각했다. 그 슬픔 때문에 사람은 모질어지거나 험악해진다. 그녀는 종종 그런 모습을 봐왔다. 어쩌면 자신에게도 그런 면이 있는 건지도 모른다. 겉모습은 멀쩡해 보이지만 이미 오래전에 웃음을 잃은 것이다. 그녀는 스스로에게 연민을 느꼈다. 그건 실로 오랜만에 느껴보는 감정이었다.

거리는 여전히 고독한 자들로 넘쳐났다. 저마다 무서운 유혹과 싸우고 있었다. 다만 겉으로 그것을 숨길 뿐이었다. 한 생애가 끝난 후에도 인간의 고독은 계속 이어질 것이다. 다른 나라로 떠난다 할지라도 고독은 계속될 것이다. 고독은 신이 인간에게 부여한 선물이자 저주일지도 모른다.

인간을 질투하는 신이 만들어낸 끔찍한 선물.

그녀는 갑자기 피로를 느꼈다. 집으로 돌아가 따뜻한 물로 샤워를 하고 싶었다. 푹신한 침대에 눕고 싶었다. 몸속에 가둬 두었던 슬픔을 던져버리고 싶었다. 침대엔 추억이 묻어 있었다. 사내들과 함께했던 추억이. 그들이 떠난 후에 홀로 잠들었던 추억이. 누구도 알지 못할 슬픈 추억이 묻어 있었다.

그녀는 괴로움 없이 걸었다. 아직 살아야 할 많은 날들이 남아 있었다. 지금쯤 또 어디에서 무서운 사건이 일어날까? 또 누가 살해당하지나 않을까? 범인은 왜 긴 의자에 누워 있다가 사람을 찌르는 걸까? 타인의 죽음을 생각하다가 그녀는 모처럼 휴식을 느꼈다. 아직 그녀에게는 아름다움이 남아 있었다. 타락이라고 말해도 좋을 아름다움이. 퇴폐라고 말해도 좋을 아름다움이 남아 있었다.

*

기는 하루 종일 집에 있었다. 주부들이 산후우울증에 걸리는 이유를 알 것 같았다. 그는 오랜 시간 차가운 눈길로 아기를 바라보았다.

여동생은 끝내 전화를 받지 않았다. 그러자 많은 생각이 떠올랐다. 낯선 남자와 한 침대에서 뒹굴고 있는 건 아닌지 쾌락에 사로잡혀 있는 건 아닌지 의심이 되었다. 어디에 있는지 알기라도 하면 당장이라도 달려가서 망신을 주고 싶었다. 혹시 섹스 중독에 걸린 건 아닐까? 그러나 기는 고개를 저었다. 누군가를 의심하는 버릇은 여전히 남아 있었다. 가족이라 해도 별반 다르지 않았다.

"차라리 잘됐어. 기 같은 사람은 혼자 살아봐야 해."

류와 헤어졌을 때 여동생은 그렇게 말했다.

기 같은 사람. 그게 어떤 의미인지 알 수 없었다. 적어도 비꼬고 있는 것만은 확실했다. 여동생이 자신을 무시하고 있다고 생각하자 그는 갑자기 화가 치밀었다.

"요즘 류는 어떻게 지내지?"

여동생의 질문에 그는 대답하지 못했다.

"사실 기가 많이 부족한 사람이지. 하지만 남녀관계는 알 수 없으니까."

여동생은 그 말을 하고 돌아섰다.

류와 헤어진 뒤 그가 다른 여자를 멀리한 것은 아니었다. 간혹 한두 번 만난 여자와 육체관계를 맺곤 했다. 강한 이끌림 같은 건 없었다. 열정은 이미 소진되어 어떤 여자에게도 마음을 줄 수 없었다. 애당초 마음이란 어디에도 없는 것 같았다. 진심이라 말할 수 있는 것. 그런 게 세상에 있을까. 만약에 있다면 그것도 꽤 의미는 있을 것이다. 그러나 그것은 기와는 아무 상관없는 일이었다.

언제부턴가 그 모든 것들이 시들해졌다. 때로는 우울증세가 있는 건 아닌지 걱정이 되었다. 정신과 상담이라도 받아야 하나 심각하게 고민한 적도 있었다. 하지만 주유소에서 번 돈을 병원에 쏟아붓고 싶지 않았다. 생각해보면 모든 것이 사치였다. 현실에서 하루하루를 무의미하게 견디는 일만 남아 있었다. 달리 방법이 없었다. 다만 그를 언짢게 하는 놈들이 있었다. 바로 차에 기름을 넣고 멀리 달아나버리는 놈들. 특히 웃고 있는 놈들을 볼 때면 화가 치밀었다. 행복이 자신의 것이라 믿는 놈들, 긍정적으로 살고 있는 놈들을 볼 때면 한없이 불쾌했다. 하지만 그것 또한 그들의 삶이었다. 그와는 아무 상관없는 타인의 삶이었다.

못마땅한 것은 또 있었다. 주유소 사장처럼 이것저것 가리지 않고 음식을 먹는 놈들을 보면 거부감이 생겼다. 어느덧 삶에 대한 의욕을 상실해가고 있었다. 동시에 그의 육체 또한 소진되고 있었다. 차에 기름을 넣는 대신 자신의 몸에 기름을 붓고 싶었다. 허기진 욕망을 채워줄 뭔가가 필요했다.

꽤 오랫동안 그는 잃어버린 입맛을 찾기 위해 식당을 찾아다녔다. 간혹 아이와 함께 가기도 했다. 그러나 어느 식당이든 그의 입맛에 맞지 않았다. 언제나 음식은 형편없었다.

좀처럼 그는 대중목욕탕에도 드나드는 법이 없었다. 낯선 타인이라 할지라도 그 앞에서 육체를 드러내는 게 싫었다. 그건 끔찍한 일이었다. 그의 페니스가 작기 때문은 아니었다. 쇠꼬챙이같이 마른 몸을 세상에 내보이기 싫었다. 아무리 운동을 해도 몸에 근육이 붙지 않았다.

언제부턴가 그는 자신의 육체를 혐오하고 있었다. 근육을 자랑하는 인간들을 보면 짜증부터 났다. 만약 키마저 작았다면 큰 열등감에 휩싸였을 것이다. 류는 단 한 번도 그런 그의 모습을 지적한 적이 없었다. 있는 그대로의 모습을 받아들였다.

"난쟁이 집안에서 태어났는데 다른 사람에 대해 지적할 수나 있겠어? 그럴 자격이나 되겠어?"

기는 비꼬듯 혼잣말을 했다. 그러면서 자신의 어린 시절을 떠올려봤다.

그때는 제법 살도 붙어 있었다. 간혹 인상이 좋다는 얘기도 들었다. 그러나 시간이 흐를수록 얼굴 살은 빠졌고 인상은 날카로워졌다. 얼굴을 찡그리기만 해도 동네 아이들은 도망을 갔다. 아기가 울음을 터뜨리는 것도 어쩌면 당연한 일인지도 몰랐다.

결국 그는 출근을 하지 못했다. 아기를 두고 주유소로 갈 수 없었다. 탄 혼자서 아기를 보는 건 무리였다. 결국 주유소로 전화를 걸었다. 때마침 사장이 전화를 받았다.

"무슨 일인가?"

"사정이 생겨서 오늘은 출근을 못할 것 같습니다."

"왜?"

"아이 문젭니다."

그의 목소리엔 기운이 없었다.

"호오."

"여동생의 아기를 봐줘야 할 것 같습니다."

"푸후후."

사장은 짧게 웃었다.

"또 아이 문젠가? 내일은?"

"나갈 수 있습니다."

이런 식이라면 조만간 해고를 당할 수도 있었다. 그런 생각을 하자 그는 몹시 불안해졌다. 어느 정도 익숙해졌는데 이제와 다른 일자리를 알아보고 싶지 않았다. 불안정한 상태로 하루하루를 보내고 싶지 않았다. 결국 아기를 안고 밖으로 나올 수밖에 없었다. 탄이 뒤따라왔다.

"고모 말이에요. 실종됐어요?"

"실종?"

"사라진 거 아니에요? 아기를 버려두고."

"버려두고?"

"네."

탄이 다시 강조하듯 말했다. 기는 대답하지 않고 어딘가로 걸었다.

거리는 한없이 어두웠다. 며칠째 황사가 계속되고 있었다. 정말 아기를 버려두고 어디론가 떠난 걸까. 그래, 그런 거라면. 그때 누군가 기를 빤히 쳐다보았다. 공원 관리인이었다.

"공원으로 들어갈 겁니까?"

관리인이 물었다.

"왜요? 함부로 못 들어갑니까?"

기가 짜증스럽다는 듯 물었다.

"그런 건 아니지만."

"그렇다면 저리 비켜요. 귀찮게 하지 말고."

관리인은 그를 위아래로 훑어보았다. 그러더니 들어가라고
손짓했다.

적요하고 음침한 공원. 시간이 날 때마다 기는 공원을 산책
했다. 탄은 자주 양말을 벗고 분수대 안으로 들어갔다.

"더럽다. 어서 나와라."

아이는 말을 듣지 않았다. 그 누구도 분수대 안으로 들어가
지 않았다. 그 안에는 누군가 일부러 던져버린 동전과 과자 봉
지, 젖은 휴지 따위가 들어 있었다. 그리고 분수대 옆에는 긴
의자가 놓여 있었다. 이따금 그는 의자에 앉아 휴식을 취하곤
했다. 이번에도 다르지 않았다. 그사이 휴대전화 벨이 울렸다.
그는 재빨리 전화를 받았다.

"너, 너 어디야? 대체?"

기다렸다는 듯 그가 윽박질렀다.

"문이 잠겨 있네. 집 앞이야."

여동생의 목소리는 담담했다.

"어딜 그렇게 다녀온 거지?"

그는 집요하게 물었다. 잠시 침묵이 흘렀다.

"어제가 그분들의 기일이었어."

기일이라니. 죽은 사람이 누가 있나. 그 순간 갑자기 뭔가 떠

올랐다.

"왜 함께 가자고 말하지 않았지?"

"싫어할 거 같아서."

"그랬군."

부모님의 기일이었는데 온갖 의심만 품은 자신이 부끄러웠다. 아이는 여전히 분수대 안에 서 있었다.

"어서 나와라. 가자."

"이 안에 있으면 기분이 이상해져요. 더러운 벌레들이 내 몸을 훑고 지나가는 것 같아요."

"그래."

"다음번엔 분수대 말고 호수에도 가보고 싶어요. 호수에 발을 담그고 싶어요."

"누군가 뒤에서 밀치면 죽을지도 모른다."

"죽어요?"

"그래, 바로 죽는 거지. 그건 살아 있는 것만큼이나 아주 고약한 일이지."

아이는 잠시 겁에 질린 표정을 지었다. 기는 아이의 팔을 잡아끌었다. 공원 입구에서 다시 공원 관리인과 마주쳤다. 이번엔 관리인이 먼저 웃음을 보였다.

"원래 그렇게 기분 나쁘게 사람을 쳐다봅니까?"

기가 시비조로 물었다.

"내 웃음이 그런가?"

"그렇군요."

기는 불쾌해져서 더 이상 돌아보지 않았다. 그는 빠르게 걸음을 옮겼다. 여동생은 건물 계단에 쭈그리고 앉아 있었다. 사람들이 많이 드나드는 곳에서 이렇게 초라한 모습을 보이다니. 기는 일부러 차갑게 물었다.

"잠은 어디에서 잤지?"

"근처 모텔에서."

"전화기는 꺼져 있더군."

여동생의 얼굴은 어딘지 모르게 창백했다. 그는 말없이 문을 열고 집으로 들어갔다. 실내는 어두웠다. 여동생은 씻지도 않고 식사 준비를 했다. 식탁 앞에서 마주 앉아 함께 밥을 먹을 때까지 그들은 줄곧 침묵했다.

"기, 그러니까 묻고 싶은 게 있어."

침묵을 깨고 여동생이 말했다.

"무료하지 않아? 이렇게 사는 거?"

"무슨 소리지?"

뜬금없다는 듯 기가 물었다.

"우리는 어떤 것에 의미를 둬야 할까?"

"무슨 헛소리를 하는 거지?"

기는 도통 이해할 수 없었다.

"사실 어제가 기일이었지만 이제 그분들의 얼굴이 떠오르지 않아. 사진을 봐도 한때 같이 살았다는 게 희미할 정도야. 그런 게 시간이겠지만. 그래, 모두가 그렇겠지. 기는 말이야. 이런 나를 기억할 수 있겠어?"

기는 퉁명스럽게 말했다.

"기억하고 말고가 어디 있어? 다 지 팔자대로 사는 거지. 운명 말이야."

"운명? 우리들의 운명?"

그 말을 하면서 여동생은 한숨을 내쉬었다. 옆에 앉아 있던 탄은 뭔가 눈치를 보더니 꾸역꾸역 밥알을 삼켰다. 그 모습을 보면서 그는 잠시 류를 생각했다. 지금쯤 그녀는 뭘 하고 있을까? 갑자기 왜 생각이 나는 걸까? 그렇게 괴롭히고도 아직 그녀에게 가할 고통이 남아 있다니.

사디스트.

혹시 자신은 사디스트가 아닐까. 괴로워하는 타인의 모습을 보면서 자꾸만 쾌감을 느끼는 게 아닐까. 언젠가 류는 그에게 잔인한 면이 있다고 말한 적이 있었다. 어쩌면 그녀의 말이 맞는 건지도 모른다. 기는 또다시 누군가를 괴롭히고 싶었다.

"이제 어디로 갈 거지?"

식사를 마친 후에 그는 짐을 정리하고 있는 여동생에게 물었다.

"갈 데는 많지."

"많다?"

"거처는 많아."

"변한 게 없군. 여전해."

기는 비꼬는 투로 말했다. 여동생은 그의 얼굴을 빤히 쳐다보았다.

"돈은?"

어색한 상황을 모면하기 위해 기가 물었다.

"신경 쓰지 마."

"있다는 거야?"

"충분해."

"다른 건 없어도 돈이 있어야 살 수 있어. 그래야만 사람 구실을 하면서."

"후후, 그렇겠지."

여동생은 뭔가를 비웃듯이 말했다.

"힘들면 같이 살까? 그게 싫으면 제대로 된 놈 만나 결혼해."

여동생은 대답하지 않았다. 부정하는 걸까? 인생 자체를? 도무지 살아갈 자신이 없어 회피하는 걸까? 그렇다면 언제까지? 기는 도무지 이해할 수 없었다. 대체 언제까지 저렇게 산다는 말인가?

잠시 후 여동생은 가방을 들고 밖으로 나갔다. 기는 말없이 따라 나갔다. 어쩐지 여동생이 처연하게 느껴졌다. 쌍둥이로 태어났으나 이제 혼자 남겨진 여자. 더 이상 여동생의 모습은 보이지 않았다. 기는 손을 흔들려다가 마음이 착잡해지는 걸 느꼈다. 한동안 기는 어둠 속에 오래 서 있었다.

110

*

　로는 난쟁이의 집에 초대되었다. 그들은 작은 정원이 딸린
2층 주택에 살고 있었다. 건물은 지은 지 오래되어 허름했다.
정원에는 몇 그루의 나무만 남아 있었다.

　로는 마중 나온 난쟁이의 부인을 쳐다보았다. 큰 욕심 없이
인생을 살아온 여인처럼 보였다. 다만 그녀 역시 몸이 불편했
다. 어릴 적부터 소아마비를 앓았다고 했다. 저마다 한두 가지
씩 아픔을 안고 있는 걸까. 로는 그런 생각을 하면서 거실로 들
어섰다.

　난쟁이의 자식들이 다가와 인사했다. 큰아들과 작은아들, 그
리고 두 딸이 서 있었다. 큰아들과 큰딸은 난쟁이를 닮아 키가
작았다. 그러나 작은아들과 작은딸은 키가 큰 편이었다. 한배
속에서 태어났으나 저마다 다른 모습으로 살고 있었다. 로는
아득해졌다. 그들은 어렵게 살아왔으나 서로를 조금씩 배려하
고 있었다.

　로는 그들을 따라 식탁 앞으로 다가갔다. 다시 한 번 난쟁이
의 자식들을 훑어보았다. 그중 작은딸에게 시선이 머물렀다.
짧은 머리와 짙은 눈썹. 깨끗한 이마. 중성적인 매력이 돋보였
다. 로와 눈이 마주치자 작은딸이 웃음을 보였다.

　"류."

난쟁이의 부인이 말했다.

"아저씨에게 국을 더 갖다 드려라."

작은딸이 자리에서 일어섰다. 로는 재빨리 그녀의 몸매를 훑어보았다. 허리는 잘록했고 엉덩이에는 제법 살이 붙어 있었다. 문득 젊은 시절의 아내가 떠올랐다. 우연히 마주치는 타인을 보면서도 옛 기억이 떠오르는 법이었다. 로는 잠시 괴로워졌다. 가득 차려진 음식 앞에서 설명할 수 없는 죄의식을 느꼈다.

"전에 기자 생활을 하셨다고요."

이번엔 큰아들이 말했다. 그는 꽤 영민해 보였다.

"오래전에."

"멋진 직업인데요."

"그런가? 어쨌든 지금은 아니니까."

로는 과거의 일을 설명할 수 없었다. 다만 한때 신문기자였다고, 그 시절 아내가 있었다고 난쟁이에게 고백한 적이 있었다. 난쟁이의 눈빛은 고요하고 깊었다. 만약 로가 오래전에 난쟁이를 알았더라면 분명 그의 육체를 우습게 여기고 얕잡아봤을 것이다. 로는 그런 인간이었다. 그러나 세월이 많은 것을 바꿔놓았다. 때로는 수백 년을 산 것 같은 느낌에 젖곤 했다. 로는 자주 인생에 피로를 느꼈다. 다만 지금은 혼자가 아니라는 사실에, 조용히 식사를 할 수 있다는 사실에 안도할 뿐이었다.

식사를 마친 후 로는 난쟁이를 따라 2층으로 올라갔다. 탁자엔 포도주가 놓여 있었다.

"로, 요즘에도 악몽을 꾸나?"

난쟁이가 물었다.

"가끔은 그렇지."

로는 술잔을 입에 갖다댔다.

"오래전에 같은 질문을 한 사람이 있었지."

"누군지 물어봐도 될까?"

갑자기 로는 아득한 추억에 휩싸였다.

"의미 있는 사람이었나 보군."

로는 잠시 창밖을 내다보았다.

"꿈을 꾸지. 시간에 대한 꿈을. 그동안 뭔가 탈출하듯이 살아왔지만."

난쟁이는 이해한다는 듯 고개를 끄덕였다.

"나 역시 나약해질 때가 있더군. 하지만 언제부턴가 삶에 대해 막중한 책임을 느낀다네. 만약 내가 가정을 이루지 않았더라면."

난쟁이는 나지막하게 말을 이었다.

"아마도 비극적인 일이 생겼을지도 모르겠네."

"그건 죽음을 의미하는 건가?"

"아마도 그렇겠지."

난쟁이는 담담한 표정을 지으며 의자에 앉아 있었다.

"죽음에 매혹을 느끼는 사람이 많던데."

로는 다시 입을 열었다.

"어쩌면 특별한 일인지도 모르지. 종결된다는 점에서."

"무엇으로부터의 종결일까? 삶으로부터? 나 자신으로부터?"

로는 난쟁이가 어떤 생각을 하고 있는지 궁금했다. 그러자 난쟁이는 미소를 지으며 말했다.

"난쟁이의 일상으로부터."

그러나 스스로를 조롱하고 있는 건 아니었다. 로는 조심스럽게 지난날에 대해 털어놓았다.

"전에 알고 지낸 사람 얘기를 하고 싶은데."

"어떤 얘기지?"

"그 사람의 책상 서랍엔 늘 권총이 있었지."

"그렇군. 하지만 로."

로는 난쟁이의 두 눈을 말없이 응시했다.

"난 자네가 허무한 삶을 살게 되지 않기를 바라네."

"그건 무슨 뜻이지?"

"그동안의 삶이 괴로웠다면 복수하듯이. 삶에 복수하듯이."

갑자기 로가 질문했다.

"혹시 자네 가족 중에 자살한 사람이 있나?"

"친척 중에 있다네. 세 명이나."

로는 갑자기 아득해졌다. 난쟁이는 애써 담담한 표정을 지었다.

"로, 조금 더 마시겠나?"

"아니, 오늘만큼은 취하지 않아도 좋을 것 같은데."

로는 더 이상의 술은 거절했다. 아직 묻고 싶은 게 있었다.

"인간이 인간을 사랑한다는 건 무슨 의미일까?"

"아마도 그건 신만이 알겠지. 하지만 로, 거기에 큰 의미를 부여하지 않았으면 하네. 친척 중에 두 명이나 그것 때문에 죽었거든."

"사랑 때문에 죽는다는 게 가능한 일일까?"

로는 궁금했다.

"자세한 내막을 말할 수는 없지만."

"왜 관계엔 항상 배반이 끼어드는 걸까?"

난쟁이는 아무런 대답도 하지 않았다. 로는 침묵을 말없이 받아들였다.

"자네, 아내는 어떻게 만나게 되었지?"

다시 로가 물었다.

"친구의 여동생이었지. 같이 살게 될 줄은 몰랐으니까. 한때는 자식을 낳는 게 죄라고 생각한 시절이 있었네. 나를 닮을지도 모른다는 두려움 때문에."

"두려움. 그래도 낳지를 않았나?"

"때로는 자식들을 학대한다는 느낌이 들더군."

"좋은 아버지 같은데. 아이들 또한 자네를 존경하는 것 같고."

로는 자세를 가다듬으며 말했다. 난쟁이는 잠시 입을 다물었다. 무슨 생각을 하는 걸까? 난쟁이는 오랜 시간 절망을 끌어안고 살아온 사람처럼 보였다. 아마도 로였다면 견디지 못했을 것이다. 자식은커녕 결혼조차 꿈꾸지 못했을 것이다. 자책하고 절망하고 결국 폐인이 되어 생을 끝마쳤을 것이다. 난쟁이는 로와는 다른 부류의 인간이었다.

"자식들의 내면을 누가 알겠나? 아무리 평온해 보인다 해도 누구에게나 마음의 지옥이 있지 않겠나?"

마음의 지옥.

"피곤하면 그만 들어가서 눈 좀 붙이고 가겠나?"

로는 고개를 저었다. 더는 신세를 질 수 없어서 자리에서 일어섰다. 현관 앞에는 이미 난쟁이의 자식들이 배웅을 하기 위해 서 있었다. 로는 다시 한 번 작은딸을 눈여겨보았다. 류라고 했던가? 결혼은 했을까? 어쩐지 결혼한 여자의 느낌은 나지 않았다. 생활의 노곤함 같은 건 느껴지지 않았다. 저 눈웃음 때문일까? 아니면.

"류, 아저씨를 차로 모셔다 드려라."

난쟁이가 작은딸에게 말했다. 류는 거부하지 않고 받아들였다. 로 역시 거절하지 않았다.

차 안은 몹시 조용했다. 침묵을 깨고 류가 말했다.

"많이 막히는군요."

"아무래도 금요일이니까."

로는 자신도 모르게 반말을 했다. 아내와 닮은 여자에게 해 줄 말이 없었다.

"사거리에서 우회전하면 되면 되니까."

"이 길을 좀 알아요. 제가 아는 사람도 이 근처에 살아요."

"친구?"

"그렇다고 볼 수 있죠."

로는 슬며시 고개를 돌렸다. 갑자기 류에게서 사과 냄새가 났다.

"그동안 아버지와 많은 대화를 나누셨겠죠. 그렇다면 어떤 분인지 아시겠네요?"

"한 사람을 안다는 게 가능한 일일까? 아무리 많은 대화를 나눈다 해도."

"그런가요?"

로는 류의 짧은 머리를 쳐다보았다. 그러다 다시 창밖으로 시선을 돌렸다. 로는 차창을 열고 담배를 꺼냈다.

"자주 피우시나요?"

"아무래도."

어느덧 차는 주유소 앞에 서 있었다. 류는 주유소 불빛을 오래 쳐다보았다.

"이곳을 지날 때면 마음이 불편해져요."

류는 잠시 얼굴을 찡그렸다. 로는 놓치지 않고 그녀의 표정을 지켜보았다. 하마터면 옆에 앉은 여인이 자신의 아내라고 착각할 뻔했다. 조금만 더 이런 시간이 지속된다면. 로는 아쉬움을 느꼈다. 하지만 차가 멈추자 감정을 숨기기 위해, 로는 일부러 차가운 표정을 지었다.

"목발 좀 꺼내줬으면 좋겠는데."

류는 차의 뒷좌석에 있던 목발을 로에게 건네주었다. 그녀의 손이 로의 몸을 스쳤다. 순간 로는 페니스가 딱딱해지는 것을 느꼈다.

"다음에 또 뵙죠."

"그러지."

로는 차가 멀어지는 걸 지켜보다가 걸음을 옮겼다. 그는 계단 난간을 붙잡고 힘겹게 계단을 내려갔다. 현관문을 열고 안으로 들어서자 찬 기운이 훅 끼쳐왔다.

냉장고 안에는 아직 맥주와 와인이 남아 있었다. 로는 술 대신 사과 한 알을 꺼냈다. 차 안에서 맡았던 그 냄새였다. 순간 로는 자신이 뭔가를 욕망하고 있다는 걸 깨달았다.

결국 진열대 앞으로 다가가 사진첩을 꺼냈다. 신혼 무렵 아내와 함께 파리에서 찍은 사진이 있었다. 사진 속의 아내는 웃고 있었다. 아직 슬픔을 겪어보지 못한 자의 얼굴이었다. 그리고 또 다른 사진이 있었다.

그 사람의 사진.

사진 속의 그는 담배를 피우며 창밖을 내다보고 있었다. 그의 얼굴은 주름으로 가득했다. 약간 찡그리고 있는 그의 표정. 그것은 인생에 대한 권태와 슬픔처럼 느껴졌다.

"로, 무슨 생각을 그렇게 하지?"

언젠가 그 사람이 물은 적이 있었다.

"당신은요?"

로 역시 그 사람의 내면이 늘 궁금했다. 그때마다 그는 너그
러운 표정을 지었다. 로는 그의 모습을 지켜보다가 카메라 셔
터를 눌렀다.

"사진 같은 건 필요 없지. 늙어버렸다는 걸 도무지 믿을 수가
없거든. 사진을 볼 때마다 두렵더군. 그래, 두렵지."

"당신도 두려움을 느끼는군요."

"이쪽으로 와, 로."

그 사람은 로를 불렀다. 도무지 거부할 수 없었다. 로는 가까
이 다가가 혁대를 풀었다. 팬티를 내리고 자신의 페니스를 꺼
내 그 사람의 손에 쥐여주었다.

"이것은 제 육체입니다."

"알아."

"당신과는 상관없는 저의 것입니다."

"알아."

그 사람은 로에게 건방지다고 말하지 않았다.

"언젠가 후회하게 될지도 모른다."

"무엇을 말입니까?"

"함께 있었던 순간을."

로는 자리에서 일어나 그의 눈을 응시했다.

"비겁하군요."

"누구나 그런 법이니까."

"전 미래 같은 건 생각하지 않습니다. 중요한 건 지금 이 순간이니까요."

"지금 이 순간."

"그렇습니다. 그 이외의 것은 무의미하다고 느낄 뿐입니다."

"겁이 없군. 무모해."

"그게 저라는 사람입니다."

"어리석어."

"아직 늙지 않았기 때문입니다."

"현실 파악이 안 돼."

"그건 당신도 마찬가지 아닙니까? 적어도 저는 비겁하진 않습니다. 미래가 두려워 지금 이 순간을 회피하진 않는다는 얘깁니다."

"나는 곧 늙고 병들 거야."

그 사람은 자신 없는 표정을 지으며 고개를 숙였다. 로는 안타까워 다시 한 번 그에게 키스했다.

"누구나 마찬가지입니다."

"떠돌이 생활을 하게 될지도 모른다."

"계속 글을 쓰면 되지 않습니까?"

"그것만으론 생활이 어렵지."

"번역 일도 있을 테고요."

"늙고 병든 나를 누가 거들떠보기나 할까?"

"제가 지켜보겠습니다. 떠나지 않고."

그러자 그 사람은 웃음을 터뜨렸다. 잠시 후 그는 다시 진지한 표정을 지으며 말했다.

"대개의 인간들이 떠날 때 떠난다고 말하는 줄 아나? 그런 건 털어놓지 않는 법이지. 어느 순간 갑작스럽게 이루어지는 법이거든. 모든 일을 장담하지 마."

"그런 순간을 없애겠습니다."

"맹세를 하는 건가?"

그 사람은 자세를 낮춘 뒤 가만히 로의 눈을 쳐다보았다. 로는 그의 눈길이 두려워 차마 바라볼 수 없었다. 그에게서 강한 힘을 느꼈다.

"대체 누구에게?"

그의 언성이 높아졌다. 로는 지고 싶지 않았다.

"당신에게."

"이것 봐, 로. 나는 누군가의 맹세 따윈 듣고 싶지 않아."

"한 번도 듣지 못한 거 아닙니까?"

"잘 들어. 그런 건 인간이 아니라 신에게 가서 고백하는 게 좋을 거야. 신은 다 들어줄 테지. 자비로우니까. 언제나 인간을 가엾게 여길 테니까. 빌어봐. 다 털어놔봐. 매달려봐. 들어줄 거야. 너의 신이."

"저만의 신이라고요?"

"그래, 너만의 신이."

"신은 모두에게 공평합니다."

"그건 알 수 없는 일이지."

"저는 지금 신과 대화를 하는 게 아닙니다."

"알아."

"대체 지금."

"흥분했군. 로를 화나게 하고 싶지는 않았는데."

그 사람과 대화를 할 때면 로는 언제나 울고 싶었다. 그의 주변 사람들도 그럴까. 그러나 누구에게도 물어볼 수 없었다. 로는 덫에 걸려들었다고 생각했다.

사진을 본 순간 모든 기억이 되살아났다. 도무지 과거라고 말할 수 없었다. 로는 극심한 두통을 느꼈다. 결국 두 장의 사진을 들고 침대로 다가갔다. 이곳도 저곳도 아닌 두 개의 세계 속에서 빠져나오지 못하고 있었다. 현실이 아니라 긴 꿈처럼 느껴졌다. 탈출구를 찾을 수 없는 잔인한 꿈.

로는 두 팔로 머리를 감쌌다. 그 사람이 아편 중독에 빠져 있을 때, 로는 아무것도 해줄 수 없었다. 모든 것은 불가능한 꿈이었고 욕심이었다. 아편에 취해 있는 그를 자꾸만 때리고 싶었다. 뺨과 가슴, 복부까지도. 무너져가는 한 인간을 철저히 파괴하고 싶었다. 나약한 그의 모습을 지켜보고 싶지 않았다. 더 이상의 희생은 필요하지 않았다. 로는 결국 그의 집을 뛰쳐나와 성당으로 달려갔다. 신에게 가서 무릎을 꿇었다. 자신의 패배를 인정하면서 조용히 눈물을 흘렸다. 기도를 마치고 다시 그 사람의 집으로 갔을 때 많은 것이 바뀌었다. 운명. 운명이라고 말할 수도 있었다.

　모든 것은 로가 선택하고 결정한 일이었다. 그 사람은 책상에 엎드려 있었다. 간혹 코 고는 소리가 들려왔다. 로는 그에게 다가가 이불을 덮어주었다. 그리고 마지막으로 그의 원고를 읽었다. 그가 어떤 사람인지 확인할 수 없었다. 결국 원고를 내려놓았다. 눈물이 떨어졌다. 로는 책상 서랍을 열었다. 여전히 거기엔 권총이 들어 있었다. 아주 오래전부터 방아쇠를 당겨줄 주인을 기다리고 있었다. 로는 권총을 집어 들었다. 그리고 자신의 한쪽 다리를 향해 방아쇠를 당겼다. 결국 그 자리에서 모든 것이 끝나고 말았다. 모든 것을 거부했고 모든 것을 받아들였으며 동시에 모든 것으로부터 탈출했다. 잠에서 깨어난 그가 로의 손에 든 권총을 빼앗았다. 그 후 일어난 일은 기억할 수 없었다. 병원에 도착하기까지 어떤 일이 있었는지 알 수 없었다. 그게 마지막이었다.

　흘러간 시간이 있었다. 사람들이 과거라 부르는 지나가버린 시간이 있었다. 그것을 부정할 수는 없었다. 사람들은 아마 모를 것이다. 로가 자신을 향해 총을 겨누었다는 사실을. 그 불편하고도 아픈 진실을. 로는 침대에 엎드려 눈물을 흘렸다.

3장

피곤에 지친 여는 현관문을 열었다. 뜻밖에도 사내의 신발이 보였다. 그에게 집 열쇠를 준 적이 있었나. 도무지 기억나지 않았다. 사내는 늘 일을 처리하느라 분주했다. 이렇게 연락도 없이 찾아올 거라고는 예상하지 못했다. 사내는 모를 것이다. 지난밤 그녀가 경찰서에 있었다는 것을. 한참을 헤매다 결국 집으로 돌아왔다는 것을 알지 못할 것이다.

"이 시간에 대체 어쩐 일이죠?"

사내를 한참 쳐다보던 그녀가 물었다.

"어쩐 일이긴."

그에겐 초조한 기색이 역력했다.

"휴대전화는 두고 왔나요?"

"그래, 내일부터는 휴가니까 필요 없지."

사내는 퉁명스럽게 말했다.

"휴가라니요? 그럼 대체 뭘 할 거죠?"

"함께 지낼 거야."

"누구하고?"

"당신하고."

사내는 뻔뻔했다. 그녀는 갑작스러워서 웃음을 터뜨렸다. 그러자 그의 얼굴이 일그러졌다.

"그쪽한테는 잘 말해뒀어."

대체 부인에겐 어떤 거짓말을 꾸며낸 걸까? 그것은 여와는 상관없는 일이지만. 사내의 저 뻔뻔함이라니. 누군가를 속이고도 짐짓 모른 척할 수 있다는 게 마음에 들었다.

"뭘 하면 좋을지 천천히 생각해볼 거야. 근데 대체 어딜 다녀온 거지?"

의심이 가득한 말투였다.

"산책을 하고 왔어요."

"어디를?"

"공원이요."

"이 근처 공원 말인가? 얼마 전에 사고가 일어났던."

"그래요. 거기요."

"함부로 다니지 말고 조심하는 게 좋을 거야. 언제 또 그런 일이 벌어질지 모르니까."

사내는 뭐가 불안한지 어깨를 떨었다.

"공원 관리인밖에 없었어요."

"다들 겁을 먹어서 그러지."

"범인이 관리인을 왜 찔렀는지 알아요?"

"그런 건 궁금하지 않아. 다만 사건이 일어났다는 게 내겐 중요할 뿐이야. 범죄자들을 감옥에 집어넣는 게 내 임무이듯 다른 건 관심 없지."

"범인의 내면도?"

"그게 왜 궁금하지?"

사내는 고개를 돌렸다.

"저 역시 궁금하지 않아요, 하지만."

사내는 이미 혁대를 풀고 있었다. 재빨리 그는 검은 바지를 벗었다. 그러자 그의 다리 근육이 드러났다. 누구에게도 길들여지지 않는 야생마처럼 보였다. 사내가 먼저 욕실로 들어갔다. 그런 다음 여가 씻을 준비를 했다. 욕실 안에서 그녀는 사내가 떨어뜨린 머리카락을 자주 발견했다. 변기엔 음모도 달라붙어 있었다. 때로는 그것이 불결하게 느껴졌다. 집에서도 이럴까? 그의 부인이 이걸 다 줍고 다니는 걸까? 그런 생각을 하자 혐오감이 들었다. 그것은 두 여자를 자유롭게 넘나드는 사내에 대한 질투였다. 그녀는 그보다 우월해지고 싶었다. 언젠가 사내가 자신 앞에서 무릎을 꿇게 되기를 그녀는 바랐다. 하지만 그런 일은 결코 일어나지 않았다.

"청소 좀 하고 나와요."

그녀는 때때로 중얼거렸다.

"뭐라고?"

사내는 짜증스러운지 크게 소리쳤다.

"머리카락도 좀 줍고요. 샤워기도 제자리에 끼워두고요."

"머리카락이 어디 있다고 그래? 너무 예민해서 탈이야."

"알고 있어요."

그녀는 지고 싶지 않아서 말대답을 했다. 요즘 들어 사내는
그것을 못마땅하게 여기고 있었다. 그가 누구보다 권위적이고
강압적이며 보수적인 인간이라는 것을 여는 알고 있었다. 복
종과 억압, 구속을 누구보다 싫어한다는 걸 알고 있었다. 상관
의 지시에 따라야 할 때 그가 얼마나 많은 스트레스를 받는지,
그가 나이 많은 이들을 얼마나 경멸하는지 알고 있었다. 그들
이 나이를 앞세워 주장을 펼칠 때 그는 한시도 자리에 앉아 있
지 못했다. 그는 자신보다 어린 사람들에게 지시하고 훈계하
고 평가하는 것을 좋아했다. 무엇보다 그의 자존심을 건드리
지 않기 위해 조심해야만 했다. 사내 역시 아주 예민한 사람이
었다.

"당신은 대체 뭐가 그렇게 불안하지요?"

"나에게서 뭘 얻어가려고 하는 거죠?"

"휴식? 위안? 평화? 대체 무엇을 갈구하는 거지요?"

그에게 묻고 싶었지만 그녀는 아무것도 묻지 않았다. 그렇게

말했다면 사내는 건방지다고 했을 것이다. 어쩌면 그녀의 뺨을 때렸을지도 모른다.

그녀는 욕실로 들어가면서 재채기를 했다. 실내는 수증기로 가득 차 있었다. 아직 사내의 체취가 남아 있었다. 욕실의 창문을 열었다. 환기가 필요했다. 바닥에는 사내가 벗어둔 팬티가 있었다. 여는 그것을 손으로 빨지 않았다. 그건 자신의 몫이 아니었다.

시간이 흐를수록 계속 재채기가 나왔다. 도무지 참을 수 없었다. 욕실 문을 열고 나가면 사내는 알몸인 채로 침대에 누워 있을 게 분명했다. 언제나 그의 모습은 하나의 강렬한 이미지로 남아 있었다. 오만한 표정을 짓고 있는 그의 모습은 그녀에게 깊이 각인되었다.

사내는 섹스 자체를 좋아했다. 언제나 육체에 탐닉했다. 하지만 그녀는 사내에게 몰입할 수 없었다. 모든 것이 지루해지고 있었다. 사내도 그것을 느끼는 듯했다. 그때마다 그녀를 자극하기 위해 애를 썼다.

"다리를 좀더 벌려봐."

"다리에 힘 좀 빼봐."

"겨드랑이 털은 언제 깎았지?"

사내는 쓸데없는 질문을 던졌다. 그때마다 그녀의 마음은 텅 빈 듯 버석거렸다. 대체 마음이라는 게 어디에 있는 걸까? 마음이 정말 육체 안에 존재하고 있는 거라면.

마음과 육체. 어느 것도 깊이 생각할 수 없었다. 마음 없이도 누군가와 섹스를 할 수 있었다. 그건 중요하지 않았다. 타인과 관계를 맺는 방식은 대개 비슷했다. 관계가 끝이 날 때면 어김없이 절망이 찾아왔다.

어느 날은 차라리 남성이 되어 여성의 몸속 깊은 곳에 페니스를 집어넣고 싶었다. 그 속으로 들어가 사라지고 싶었다. 여자들이 갖고 있는 자궁. 자궁들. 그것을 소유하는 동시에 철저히 파괴하고 싶었다. 휘젓고 싶었다. 자궁이 인간의 머릿속에 있다면. 아니 심장 속에 있다면. 그 속으로 들어가기 위해 페니스로 또 다른 구멍을 뚫어야 할지도 모른다.

그녀는 그 모든 노력들이 가엾어졌다. 어느새 사내를 부둥켜안고 있었다. 이것은 땀냄새일까. 아니 이건 또 다른 냄새일지도 몰라. 혹시?

죽음의 냄새가 이럴까? 사내는 곧 잠들었다. 언제나 그랬듯 심하게 코를 골았다. 잠든 인간을 바라볼 때면 많은 것들이 생각났다. 도무지 상대를 친밀하게 바라볼 수 없었다. 오만하고 자부심 많던 그의 모습도 한낱 초라한 개인에 지나지 않았다. 누구나 그렇다는 건 알고 있었다. 신이 인간에게 잠이란 선물을 부여한 이유는 무엇일까. 무엇보다 인간의 나약한 모습을 오래 들여다보고 싶은 게 아닐까. 사내는 지금 어떤 꿈을 꾸는가. 평화로운 꿈을? 여는 점점 그에게서 멀어졌다.

거울에 비친 그녀는 여전히 알몸이었다. 집에 있는 동안 되도록 옷을 걸치지 않았다. 그런 모습이 퇴폐적이라고 생각하지 않았다. 그건 개인의 자유였다. 왜 옷을 입고 타인을 만나야 하는가. 뭔가를 걸치고 일을 해야 하는가. 감추어야 하는가. 그녀는 모든 문명을 거부하고 싶었다. 원시 시대의 모습 그대로 살아가고 싶었다. 인간의 육체야말로 살아 있는 것을 완벽하게 증명해주고 있었다. 모든 걸 드러내는 게 당연했다. 누군가에게 이런 얘기를 한다면 노출증 환자라고 비난할 게 뻔했다. 하지만 신경 쓰고 싶지 않았다. 그만큼 그들이 억눌려 있다는 것을 의미했다. 저마다 누려야 할 권리와 자유가 있었다. 만약 언젠가 죽게 된다면 그녀는 풍장을 택하고 싶었다. 그러나 그 누가 끝까지 지켜봐줄 것인가.

늙는 것을 생각하면 끔찍하고 두려웠다. 그것은 고통을 의미했다. 신이 그녀에게 부여한 아름다움을 그녀는 오래 간직하고 싶었다. 가끔 자신을 빛나게 하는 것이 젊음인지 아름다움인지 그녀는 헷갈릴 때가 있었다. 간혹 길에서 타인의 시선을 받을 때가 있었다. 그들이 왜 쳐다보는지 알고 있었다. 그녀에겐 길들여지지 않는 야생성 같은 매력이 있었다. 게다가 그녀가 지니고 있는 풍만한 가슴은 커다란 권력이었다. 그런 육체를 지녔다는 게 무엇보다 만족스러웠다. 이런 자신을 내다 버린 부모가 어떤 인간들인지 그녀는 궁금했다. 그들을 마구 비웃었다. 그들의 선택이 얼마나 잘못된 것인지 그녀는 마음껏 조롱했다.

물론 그들에게도 어쩔 수 없는 욕망이라는 게 있었을 것이다. 그렇다 해도 그들을 이해하고 싶지 않았다. 어느 순간 그들을 비웃는 건지 스스로를 비웃는 건지 헷갈렸다. 여전히 비난할 대상이 필요했다. 인생에 대한 비난. 맹목적인 비난. 한 인간을 절망에 빠뜨릴 만큼 강력한 비난. 구렁텅이로 몰아넣을 만큼 가혹한 비난. 그런 게 필요했다.

그녀는 자신에게 마조히스틱한 욕망이 있다는 걸 알고 있었다. 그렇다고 해서 그것을 포기하고 싶지 않았다. 사람들은 저마다 다른 방식으로 살고 있었다. 누군가의 훈계 따윌 듣는 건 무의미했다. 간섭받고 싶지 않았다. 해방되고 싶었다. 모든 것으로부터 자신을 끊어버리고 싶었다.

그녀의 내면은 너무 복잡해서 도무지 한 가지 빛깔로 설명할 수 없었다. 살아오는 동안 누구에게도 진정한 모습은 보여준 적이 없었다. 모두를 배반하듯이. 지금까지 만난 인연을 배반하듯이. 모두에게서 배반당하듯이 사람들과 철저한 거리를 유지하고 있었다. 누군가와 수천 번의 밤을 함께 보낸다 해도 그 성벽은 너무도 견고해서 무너지지 않을 것이다.

타인들은 비슷했다. 특별한 인간은 존재하지 않았다. 존경할 만한 대상은 생겨나지도 않았다. 인간을 향해 박수 같은 건 쳐주고 싶지 않았다. 인간의 위선을 향해 조롱 섞인 말이나 던져주고 싶었다. 완전한 쾌락. 쾌락적인 삶.

먹고 마시고 떠들고 경멸하는 일만큼 값진 것이 또 있을까.

인생을, 젊음을 남김없이 탕진해버리고 싶었다. 모든 것을 써버리고 싶었다. 아무것도 후회하고 싶지 않았다. 반성이나 속죄는 필요 없었다. 그러나 가끔은 울고 싶어지는 순간이 찾아왔다. 그럴 때는 조용히 성당을 찾아갔다.

신은 아무것도 묻지 않았다. 그 순간에도 그녀는 신을 의심하고 부정하고 조롱했다. 그것은 그녀가 살아가는 방식이었다. 그럼에도 불구하고 누군가에게 전부를 보여줘야 한다면 그 대상은 신밖에 없을 것이라 여겼다. 그녀는 인간이 아닌 신과 한 몸이 되고 싶었다. 어쩌면 이 모든 것은 신의 아이를 낳기 위한 하나의 몸부림인지도 모른다. 그녀는 심지어 마리아마저도 질투했다. 순결한 마리아는 자비로운 미소를 보였지만 그 앞에서 마냥 웃고 있을 수만은 없었다.

언젠가 그녀는 아이들을 낳아서 마리아 앞으로 다가가고 싶었다. 그런 상상은 쾌락과 만족감을 주었다. 신 역시 이런 타락을 만족스럽게 지켜볼 것이라 믿었다.

"지금 몇 시지?"

잠에서 깨어난 사내가 물었다.

"새벽 4시예요."

"뭘 하고 있었지?"

"생각을 좀 했어요."

"날 떠날 궁리라도 했나?"

그녀는 대답하지 않았다.

"수지."

그녀를 부르는 사내의 음성이 가라앉았다. 그래, 사내 앞에서 여가 아니라 수지가 되었다.

"휴가 첫날이야."

"그래서요?"

"내겐 진정한 휴식이 필요해."

사내는 또 엄살을 부렸다. 이따금 그는 무너지는 척했다. 그것은 상대를 갖기 위한 하나의 전략이었고 모성애를 자극하기 위한 수단이었다. 그녀는 대수롭게 여기지 않았다.

"날이 밝으면 드라이브나 할까? 차를 타고 계속 달리는 거지. 서쪽으로. 아니 북쪽으로."

"그다음에는?"

"그야 알 수 없는 일이지."

사내는 농담하듯 말을 이었다.

"전국에서 자살을 가장 많이 하는 곳으로 갈까? 그곳에서 파티라도 할까?"

그녀는 대꾸하지 않았다. 어쨌든 다시 돌아와야만 했다. 사내는 일상으로 돌아가야만 했다. 그녀는 모든 일이 언젠가 꿈에서 겪은 일처럼 느껴졌다. 생소하고 낯선 것은 지상에 존재하지 않았다.

"지금 떠나는 건 어때요?"

"좋아."

새벽 4시에 깨어나 드라이브를 하는 자는 흔치 않을 것이다. 그 시간에 깨어 있다면 불행에 대해 생각하거나 누군가를 증오해야만 했다. 신음하거나 울고 있어야 했다. 벌레를 죽이거나 또 다른 죽음을 생각해야만 했다. 현실을 잊고 끝내 몽상에 잠겨 있어야 했다. 기적을 믿으며 우울한 음악만을 반복해서 들어야만 했다. 밤은 아주 깊고 고요했다. 이 시간 지상의 누군가가 죽어가고 있는가. 신음하고 있는가.

그녀는 발소리가 나지 않도록 조용히 계단을 올라갔다. 누군가를 깨우고 싶지 않았다. 그것조차 폭력으로 여겨졌다. 폭력은 행사하고 싶지 않았다. 이미 세상에 존재하는 폭력만으로 충분했다.

"옷을 너무 얇게 입은 거 아닌가?"

"추운 게 좋아요."

그녀가 대답했다.

"운전은 내가 하겠어요."

재빨리 시동을 걸고 골목을 빠져나갔다. 정해놓은 목적지는 없었다. 어딘가에 차를 세워둘 수도 있었다. 차라리 그게 마음에 들었다.

문득 오래전 기억이 떠올랐다. 밤바다에서 혼자 돌아오던 길. 그날의 적막과 외로움, 사무침이 떠올랐다. 차를 몰고 이제라도 그곳으로 가보고 싶었다. 그녀를 키워준 새끼손가락이 없던 사내. 오래전에 그의 유골을 바다에 뿌렸지만 아직 그에 대한 기억은 가슴에 남아 있었다.

"바다로 가는 거 어때요?"

"난 바다 따윈 좋아하지 않아."

"밤바다는 조금 다를 거예요."

"마찬가지지. 당신은 몰랐던가? 난 이십대 초반을 온통 바다에서 보냈어. 군대 때문이었지. 그 이후로 바다라면 치가 떨리지. 아무것도 없어."

"밤바다는 조금 다를 거예요. 거기엔 많은 것이 있어요."

"많은 것?"

이번엔 그가 차가운 눈빛으로 그녀를 쏘아보았다.

"난 바다를 볼 때마다 죽음을 느껴. 얼마나 많은 인간들이 실종된 채 바다에 빠져 있을지 상상이 돼."

"그곳에서 죽을 고비를 넘긴 적이 있나요?"

"물론이야. 한번은 깊은 바다에 빠진 적이 있지. 늦은 밤이었지. 난 수영 따윈 잘 못해. 배우고 싶지도 않았고."

"그래서 어떻게 됐죠?"

"누군가 날 구해주긴 했지. 정신을 잃고 말았지만."

"그 이후로 바다를 좋아하지 않는다?"

"생각해봐. 그곳에서 얼마나 많은 사고가 일어나는지. 얼마나 많은 사람들이 죽는지. 바다에서 일어난 사고들은 유난히 나를 자극해."

"누구나 그래요."

"아니, 나만 그래. 가끔은 이런 내가 우습게 느껴지지. 한낱 자연 따위에 두려움을 느끼다니. 나와 어울리지 않는 일이야. 내가 겁을 먹는다는 건 아무도 몰라. 초라하고 약한 인간이라는 걸 누구에게도 들키고 싶지 않으니까."

"그걸 왜 나에게 말하는 거죠?"

그는 잠시 침묵하다가 신경질적으로 물었다.

"이 시간에 바다로 가려는 이유가 뭐야? 다른 곳으로 가지."

"다른 곳도 마찬가지예요. 쉴 곳은 없어요. 어디에도."

"아니, 구원은 어딘가에 있어."

"그런 건 없어요."

"그럼 대체 우린 뭐지?"

사내는 한껏 짜증을 부렸다.

"그저 가엾은 인간일 뿐이에요."

그녀는 자신의 대답이 마음에 들었다. 적어도 따뜻함은 느껴지지 않았다. 그에겐 더 가차 없이 말해주고 싶었다. 밤바다에 빠져 허우적거리는 모습을 지켜보고 싶었다. 도움의 손길을 청한다면 그때는 구명보트를 던져줄까? 아니면 다른 것을? 물론 그는 끈질기게 구명보트에 매달릴 것이다. 끈질기게 살아남을 것이다.

"언제 배를 타고 여행을 가야겠군요. 배 안에서는 두렵지 않을 거예요."

"뒤집힐 수도 있지."

"집으로 가는 길에 사고가 나서 차가 뒤집힐 수도 있어요."

사내는 겁이 많았다. 그 많은 두려움을 감춘 채 어떻게 경찰관 생활을 계속하는 걸까.

"범인들이 무섭지는 않아요?"

"가끔은 그렇지. 하지만 그들을 감옥에 쳐 넣는 순간 쾌감을 느끼니까. 섹스보다 더 많은 쾌락을 주지. 섹스 따윈 아무것도 아니니까."

"그보다 더 많은 쾌락을 주는 직업이 존재한다면 그걸 택할 건가요?"

"물론이지."

망설임 없이 그가 대답했다. 그보다 더한 쾌락이 있을까? 그는 그녀와 닮은 구석이 있었다. 어쩌면 그것 때문에 서로에게 끌렸는지도 모른다.

"쾌락적인 삶. 그것으로 지속되는 삶."

뭔가를 비웃듯이 그녀가 말했다.

"수지. 결국엔 그것이 삶을 지배할 거야. 그것만큼 강한 것은 없으니까. 쾌락은 권력이자 인생의 모든 것이야. 수지, 대체 인생을 알기나 해? 그런 멍청한 표정 좀 짓지 마."

그녀는 씁쓸해져서 머리카락을 쓸어 넘겼다.

"결국엔 자멸할 수도 있지 않나요? 마약을 하는 자들을 봐요. 그들의 말년이 대부분 초라하듯이."

"마약 따윈 우습지."

사내는 뭔가를 경멸하는 눈빛을 보였다.

"우스워요? 그런 자들을 감옥에 집어넣는 게 당신의 일이잖아요."

"그래. 하지만 누구보다 그들을 이해해."

"위험한 생각인데요."

"그럴까? 과연?"

"기름 좀 넣어야겠어요."

그녀는 주유소로 차를 돌렸다. 멀리서 직원이 다가왔다. 모자를 눌러쓰고 있어서 직원의 얼굴이 잘 보이지 않았다. 주유소 직원이 그녀를 빤히 쳐다보다가 돌아섰다.

"눈빛 좀 봐. 잔인하고 사나운 놈이야."

차가 출발할 무렵 그가 중얼거렸다. 그녀는 백미러를 보지 않았다. 거리는 완전한 어둠이었다. 어느새 저 멀리 밤바다가 보였다.

"내리진 않겠어."

사내가 고집스럽게 말했다.

"멀리서 지켜보는 건 괜찮아요."

"혼자 내리든지. 지금 몇 시나 됐지?"

"새벽 5시."

"그렇군."

그는 좀처럼 그녀의 말을 따르지 않았다. 그의 부인에게도 그렇게 대하는 걸까.

"잠깐만 내려봐요."

결국 그녀가 차 문을 열어주었다. 사내는 잠깐 망설이다가 두리번거리며 차에서 내렸다.

"담배 가진 거 없어요?"

그는 주머니를 뒤져 담배를 꺼냈다.

"언제부터 피웠지?"

"오래전에. 새끼손가락 없는 사내가 죽었을 때."

"그자가 누구야?"

사내는 짐짓 으르렁댔다. 질투와 경멸이 뒤섞인 표정이었다. 그녀는 그의 검은 장갑을 내려다보았다.

"그 안엔 뭘 감춰뒀죠?"

"아무것도."

"손가락? 당신의 손가락?"

사내는 부정했다. 그녀는 그의 손가락을 확인하고 싶었다. 손가락을 입속에 깊이 넣고 싶었다. 몸속의 내장과 섞이도록 씹어서 삼켜버리고 싶었다. 아무것도 남지 않는다면.

"보여주지 않을 건가요?"

"아무에게도."

"부모에게도."

"마찬가지."

"자식에게도."

"마찬가지야."

"타인에게도."

"마찬가지야."

그들은 다시 밤바다를 바라보았다. 멀리서 누군가가 걸어오고 있었다. 그러자 깊은 고독이 밀려왔다. 설명할 수 없는, 감추고 싶은 고독이었다. 파괴하고 싶은, 증오하고 싶은 고독이었다. 혐오하는 고독이었다.

그녀가 먼저 바다로부터 등을 돌렸다. 지금 이 순간 어딘가에서 불안에 휩싸인 채 죽어가는 자도 있을 것이다. 그들은 한낱 바다나 지켜보고 있는 그녀를 증오할 수도 있었다. 아름다운 풍경을 바라보는 걸 증오하는 자들은 어디에나 있기 마련이었다. 그렇다면 이 풍경 속에서 죄책감이라도 느껴야 하나? 누구를 위해서? 다만 살아 있다는 이유만으로? 저 바닷속의 생물체에게 죄라도 고백해야 하나?

속죄.

그것은 우스운 일이었다. 죄를 뉘우친다는 것도 우스운 일이었다.

"들어봐."

그녀는 고개를 돌려 사내의 뺨을 만졌다.

"와이프가 아이를 가졌다는군."

그녀의 손끝이 조금씩 떨려왔다.

"잘됐군요."

싸늘한 목소리였다. 그러나 어느 정도는 진심이었다.

"놀랍군. 반응이."

한동안 부인이 불임일지도 모른다고 생각했는데. 그녀는 그런 생각을 한 자신이 부끄러웠다. 그러면서 짐짓 속삭였다. 가능하다면 쌍둥이로 태어나라. 건강한 아이로 태어나서 이 사회를 이 세계를 명징한 눈으로 지켜보아라. 네 아비의 피를 물려받아 불만을 품는다면 까짓 거 세계를 뒤바꿔라. 오만하고 질 나쁜 어른이 되어라.

"세 쌍둥이여도 좋겠군요."

그녀는 진심으로 말했다.

"한 명은 부인이 키우고 한 명은 고아원에 맡기고 한 명은 우리가 키우죠."

그녀는 웃었다. 사내는 잔뜩 인상을 썼다. 자신의 아이인지 믿을 수 없다는 표정이었다.

"낳아봐야 알지. 아이는 골칫덩어리에 불과해."

하지만 정작 사내 같은 유형이 아이에게 집착을 할 수도 있었다. 이자는 언제까지 연기를 하려는 걸까? 언제까지 타인을 속이려는 걸까? 어차피 사랑은 아니지만. 그녀와는 아무 상관 없는 일이지만 말년까지 이렇게 살려는 걸까? 이런 방식으로 인생의 끝에 가 닿으려는가.

지금 해가 떠오른다면.

절망.

생명의 탄생을 축복하지 않는 인간은 질 나쁜 인간인가.

쉼 없이 부는 바람.

오갈 데 없음.

그녀는 천천히 돌아섰다.


*


기는 직원들을 따라서 근처 식당으로 갔다. 점심은 대개 주
문을 해서 먹었지만 이번만큼은 달랐다. 모처럼 사장이 함께
식사를 하자고 했다.

"단."

사장은 직원들 앞에서 강조하듯 말했다.

"밥값은 각자 알아서 내야 하네."

직원들은 어쩔 수 없이 사장을 따라갔다.

"꼭 그렇게까지 먹어야 하나?"

"혼자 나가서 먹고 오면 될 것을 왜 자꾸 끼어들어?"

직원들은 걸어가면서 불만을 털어놓았다. 식당은 손님들로
가득 차 있었다. 기는 급하게 밥을 먹는 사람들을 보면서 현기
증을 느꼈다.

그는 도무지 먹고 싶은 게 없었다. 찌개 종류도 입맛에 맞지
않았다. 그는 조미료가 들어간 음식을 좋아하지 않았다. 맵고
짠 음식은 소화도 잘 되지 않았다. 사장은 자리에 앉자마자 고
기를 주문했다. 다른 직원들은 찌개를 시켰다. 종업원이 고기

를 가져오자 사장의 얼굴이 비로소 환해졌다.

"자자, 많이들 먹으라고. 특히 기 말이야."

사장은 기를 쏘아보았다.

"영양실조라도 걸려서 쓰러지면 책임 못 져."

사장은 계속 떠들었다.

"체격이 좋아야 여자도 따르지. 요즘 여자들이 남자 체격을 얼마나 따지는지 알기나 하나? 이제 슬슬 기도 여자 만날 때가 됐잖아."

비꼬는 사장의 말투 때문에 기는 버럭 짜증이 났다.

"많습니다. 여자."

"설마?"

사장이 눈을 크게 떴다.

"사장님, 기 같은 사람이 원래 인기가 있어요. 차갑잖아요. 그런 남자들만 좋아하는 여자들이 꽤 있어요. 취향이 좀 독특한 여자 말이죠."

누군가 끼어들었다. 기는 어이가 없어서 웃고 말았다. 자신에게 쏠리는 관심을 다른 데로 돌리고 싶었다. 그들이 왜 비꼬는 건지 궁금했다. 기는 타인을 신경 쓰는 타입이 아니었다. 오히려 무관심한 편이었다. 하지만 사장을 비롯한 다른 직원들은 타인에게 쓸데없는 관심을 보였다. 때로는 그들이 역겨웠다. 특히 고기에 집착하는 사장을 기분 좋게 바라볼 수 없었다. 날고기를 젓가락으로 집어 사장의 입속에 밀어 넣고 싶었다.

146

기는 억지로 밥 한 그릇을 비워냈다. 찌개 이외의 다른 반찬에는 손도 대지 않았다. 식사를 마친 다른 직원이 커피를 가져왔다.

식당 밖으로 나오자 강한 빛이 쏟아졌다. 넥타이를 맨 직장인들이 커피를 들고 어디론가 몰려가고 있었다. 무료하고 권태로웠다. 그사이 휴대전화가 급하게 울렸다. 발신번호를 확인했지만 상대가 누구인지는 알 수 없었다.

"여보세요?"

기는 조심스럽게 물었다. 그러자 상대는 잠시 침묵했다.

"누구시죠?"

다시 한 번 물었다. 잠시 후 상대가 먼저 여동생의 이름을 언급했다. 기는 직감적으로 무슨 일이 일어났다고 판단했다.

"누구신지?"

"이쪽으로 좀 와주셔야겠습니다."

"무슨 일이죠?"

"사고가 났습니다."

"교통사고인가요?"

기는 떨리는 목소리로 물었다.

"아닙니다."

"그러면?"

"C호수로 와주셔야겠습니다."

"죽었습니까?"

"자살로 추정됩니다."

기는 순간 이성을 차릴 수 없었다.

"무슨 일이야?"

앞서 걷던 사장이 기에게 다가와 어깨를 툭 건드렸다. 마늘 냄새가 끼쳐왔다. 불쾌한 냄새는 좀처럼 사라지지 않았다. 혹시 여동생의 전 애인들이 장난이라도 치는 걸까? 아니면 협박이라도? 좀 전에 통화를 했던 낯선 사내도 그들 중 하나가 아닐까? 그러나 확신할 수 있는 것은 아무것도 없었다.

사장은 멍한 눈빛으로 기를 쳐다보다가 등을 돌렸다. 그러자 다른 직원이 다가와 그에게 속삭였다.

"사장이 한 말은 신경 쓰지 마. 잘 알잖아. 어디 한두 번인가? 인생이 무료해서 그래. 앞으로도 계속 살이 찌겠지. 대체 인간의 욕망은 얼마만큼 강렬한 거지? 고기 따위가 다 뭐라고."

다른 직원은 곧 멀어져갔다. 기는 여동생에게 전화를 걸었다. 하지만 전화를 받지 않았다. 갑자기 모든 것이 아득해졌다.

여동생의 얼굴도 생각나지 않았다. 이목구비가 어땠는지, 말투가 어땠는지 기억나는 건 없었다. 다만 하나의 이미지. 어두운 밤 계단에 앉아 있던 처량한 모습만 떠올랐다. 여동생은 그날 우리들의 운명이라고 말했던가? 결국 그 말을 하기 위해 찾아온 걸까? 혹시 다른 말을 하고 싶었던 걸까? 지금이라도 여동생을 찾아내야만 했다. 시체가 되어 누군가에게 발견되었다는 건 신문 기사에 나오는 타인의 죽음이어야 했다. 그리하여 죽음을 무덤덤하게 받아들이며 자신을 피해 갔다는 안도감이나 느껴야 했다. 그가 아는 죽음은 결국 그런 것이었다.

부모가 한꺼번에 연기에 질식해서 죽었을 때, 그는 자신의 냉정함과 무관심을 반성했다. 여동생에게 냉정했던 것도 마찬가지였다. 누구에게도 애정을 줄 수 없었다. 그는 불구자였고 애정 결핍자였고 세상으로부터 오래전에 이탈한 자였다. 병든 자. 육체뿐 아니라 정신까지도 병이 든 자. 음식조차 제대로 흡수할 수 없는 자. 세상 모든 것을 거부하는 자였다. 기는 자신도 모르게 류에게 전화를 걸었다.

"왜? 무슨 일이야?"

기는 류의 목소리를 듣고만 있었다.

"말을 해야 할 거 아니야."

"일이 좀 생겼어."

"무슨? 말해."

"좋지 않은 일이야."

"괜찮아. 얘기해."

그는 여동생의 죽음을 전했다. 류는 사실이냐고 물었다. 놀란 눈치였지만 적어도 흥분하지 않았다.

"어떻게 해야 되지?"

결국 그는 눈물을 흘렸다.

"기다려. 갈게."

류가 대답했다. 적어도 류가 강한 것만은 확실했다. 그는 울고 있는 게 여동생의 죽음 때문인지 류와 오랜만에 통화를 했기 때문인지 헷갈렸다. 자신의 감정조차 모호했고 이 세계마저 모호했다. 확실한 건 아무것도 없었다. 그녀가 지금 이곳으로 온다는 것은 무슨 의미인지, 그것이 앞날에 대한 희망을 얘기하는 건지 알 수 없었다. 어쨌든 길 한복판에서 그녀를 기다려야만 했다.

류는 생각보다 빨리 그에게 왔다. 그녀는 도착하자마자 그를 차에 태웠다. 차 안에서도 기는 조금씩 떨고 있었다. 이성이 마비된 것인가. C호수에 도착할 때까지 그는 정신을 놓고 있었다.

"정신 차려."

류가 말했다. 그는 손바닥으로 두 뺨을 비비며 고개를 흔들었다.

C호수는 아주 깊고 더러웠다. 정확한 깊이를 헤아릴 수 없었다. 저 속에 얼마나 많은 수초들이 있을 것인가. 한번 저 깊은 곳에 들어간다면 쉽게 빠져나오지 못할 것이다. 그런 생각을 하고 있을 때 멀리서 형사가 다가왔다.

"저에게 전화를 주셨던 분입니까?"

기가 물었다.

"그렇습니다."

까무잡잡한 얼굴의 형사가 기를 꿰뚫어보았다. 기는 시선을 피하지 않았다. 그러자 비로소 여동생에 대한 증오가 싹트기 시작했다. 그것은 죽은 자에 대한 연민이 아니라 이런 곤경에 빠뜨린 자에 대한 맹렬한 증오였다. 이미 죽어서 누워 있는 여동생의 모습을 본 순간 그는 그녀의 목을 조르고 싶은 충동을 느꼈다. 그러나 누군가 그를 이해해줄 것인가. 죽은 자만이 이해해줄 것인가. 만약 죽은 자의 목을 조른다면 주변의 형사들이 다 말리겠지만 그는 그렇게라도 분풀이를 하고 싶었다. 숨죽이고 있던 광기를 도무지 제어할 수 없었다. 하지만 아무리 괴로워해도 달라지는 건 없었다. 이제 장례만 남아 있었다. 모든 것으로부터의 장례.

"자살이 확실합니까?"

기는 뭔가 의심스러웠다. 죽을 이유는 없었다. 아니 죽음 자체에 늘 이유가 따르는 건 아니었다. 젊은 나이에 죽음을 택하는 사람들은 너무 많았다. 하지만 인생에선 도무지 쉽게 받아들일 수 없는 게 있었다. 혹시 타살이 아닐까? 여동생의 옛 애인이 살해한 후에 강에다 던져버린 건 아닐까? 그런 비참한 죽음이라면.

"확실합니까?"

"확실합니다."

형사가 대답했다.

"그걸 어떻게 알죠?"

"목격자가 여기 있으니까요."

검은 모자를 눌러 쓴 남자가 다가왔다.

"오전에 내가 신고를 했소."

기는 수상한 눈빛으로 그를 쏘아보았다.

"바로 신고를 했소."

"그런데 왜 살아남지 못했습니까?"

"그럼 나까지 저 물속으로 뛰어 들어가 구해야 하는 거요? 생판 모르는 여자를 위해 내 목숨을 내놓아야 하는 거요?"

목격자는 뭔가 불만이라는 듯 퉁명스럽게 대꾸했다. 고인에 대한 슬픔이나 당혹스러움은 찾아볼 수 없었다. 완전한 타인의 죽음이었다.

"혹시 말이죠."

"말씀하시오."

"혹시 주변에 다른 사람은 없었습니까? 누군가에 의한 타살이 아닌지."

"아무도 없었소."

목격자는 당당했다. 기는 여전히 믿을 수 없었다. 여동생의 주변을 맴돌았던 수많은 남자. 원한 관계에 의한 살인일지도 모른다는 생각이 머릿속에서 떠나지 않았다. 목격자는 한발 뒤로 물러섰다.

"낚시꾼인가요?"

옆에 있던 형사에게 물었다.

"제 동생과 아무 관련이 없는지."

"없습니다."

모든 것이 끝났다고 기는 생각했다. 되돌릴 수 있는 건 아무것도 없었다. 누군가를 의심한다 해도 달라지는 건 없었다. 그는 옆에 있던 류의 얼굴을 쳐다보았다. 슬프지 않은 걸까. 어떻게 저토록 냉담한 얼굴을 할 수 있을까. 그는 류가 참으로 강인한 인간이라고 생각했다. 사건 현장에 같이 와준 것은 고마운 일이지만 여전히 그녀를 이해할 수 없었다. 그렇다면 죽음 앞에서 통곡하기를 바라는가. 추한 모습으로 남들의 눈요깃거리나 되기를 바라는가. 그건 아니었다.

여동생과 류, 그들의 관계는 어떠했던가. 여동생은 류에게 호감을 품고 있었다. 그렇다면 류는? 기억나지 않았다.

그렇다 해도 류의 냉담함이 마음에 들지 않았다. 하지만 그녀에게 슬퍼하라고 말할 권리는 없었다. 그건 각자 개인의 영역이었다. 누구에게도 그런 감정을 강요할 수는 없었다. 그건 또 다른 폭력이었다. 그러나 죽음보다 더한 폭력이 있을까. 여동생의 시신은 사람들에 의해 어딘가로 실려 갔다. 호수는 더없이 고요했다.

"혹시 말입니다."

기는 형사에게 말했다.

"유서 같은 건 없었습니까?"

"아무리 찾아봐도 그런 건 없었습니다."

형사는 고개를 저었다. 남겨진 것은 아무것도 없었다. 아니,

남겨진 것이 있었다. 여동생이 낳은 아기를 찾아야만 했다. 생후 6개월 된 아기를 그대로 집에 두고 나온 것인가. 잔인함의 끝은 어디까지일까? 결국 그는 류와 함께 차를 타고 여동생이 살던 집으로 가야만 했다.

류는 끝까지 동행해주었다. 집은 생각보다 조용했다. 아기 울음소리는 어디에도 들리지 않았다. 대체 누구에게 아기를 맡긴 건가. 그들은 밖으로 나와서 옆집 문을 두드렸다. 옆집 여자가 문을 열었다. 다행히 여동생의 아기를 가슴에 안고 있었다.

"아기 외삼촌입니다. 데리러 왔습니다."

기가 말했다. 그러자 옆집 여자는 그들을 의심하며 한 걸음 뒤로 물러섰다.

"낯선 사람은 아닙니다."

"처음 뵙는 분인데요."

옆집 여자는 기와 류를 훑어보았다.

"동생에게 일이 좀 생겼어요."

"외삼촌 맞아요."

이번엔 류가 말했다.

"여기 열쇠도 있지 않습니까?"

"문을 한번 열어보세요."

옆집 여자는 여전히 경계심이 가득한 눈빛을 보냈다. 기는 피곤함을 느끼며 현관문을 열었다. 잠시 후 옆집 여자는 어디론가 전화를 걸었다.

"전화를 안 받는군요."

기와 류는 대꾸하지 않았다. 한 사람의 죽음을 누군가에게 선뜻 전할 수가 없었다.

"일이 좀 생겼어요. 안 좋은 일이에요."

곤혹스러워하던 류가 말했다.

"친오빠 맞아요. 지금 여기서 머뭇거릴 시간이 없어요. 장례식장으로 가야 해요. 아기는 제가 안을게요."

그제야 옆집 여자는 당혹스러워했다.

"사고인가요?"

류는 고개를 끄덕였다.

"죽었나요?"

기는 침묵했다.

"젊은 여자가, 그렇게 힘들게 살더니."

"혹시 말입니다. 집에 드나드는 남자 없었습니까?"

"본 적 없어요. 워낙 깔끔한 사람이잖아요."

기는 침을 삼킨 뒤에 다시 말을 이었다.

"그럼 드나드는 친구도 없었습니까?"

"글쎄요."

"알겠습니다."

"그런데 오빠가 있다는 얘기는 들어보지 못했어요."

기는 아무 말도 듣고 싶지 않았다. 아기는 어느새 잠들어 있었다. 차라리 다행스러웠다. 언젠가는 이 모든 것을 알게 되겠지만 조금이라도 미룰 수 있어 다행이었다. 아니, 나중에라도 자살이라는 걸 말해줄 수는 없었다. 그렇게 잔인하고도 참혹한 말을 해줄 수는 없었다. 이제 모든 것을 감추고 살아갈 수밖에 없었다. 그러나 그에겐 가장으로서 아이들을 책임지고 뒷바라지를 해줄 수 있는 능력 같은 건 없었다. 현재를 버티는 것만으로도 버거웠다. 이것이 운명이라면. 그 운명이란 건 참으로 고약했다.

어느새 비가 조금씩 내리고 있었다. 빗소리에도 아기는 깨지 않았다. 여동생의 죽음과 아기의 잠. 잠과 죽음. 평화로운 잠과 평화로운 죽음. 고통스러운 잠과 고통스러운 죽음. 고약한 잠과 고약한 죽음. 비애만을 남기는 죽음. 비애 속으로 빠져드는 죽음. 이 모든 것. 모든 것을 빼고 남아 있는 것. 그래, 남아 있는 것은 아무것도 없었다. 그는 죽음도 싫고 잠도 싫었다. 일부러 잠들어 있는 아기를 흔들었다.

"왜 그래? 아기한테."

운전을 하던 류가 말했다.

"혹시 숨을 안 쉬나 해서."

그는 아기의 콧구멍에 자신의 귀를 갖다 대었다. 그리고 잠시 검게 변해버린 하늘을 올려다보았다. 어디선가 폭풍이 몰려오기를. 그리하여 거대한 폭풍이 이 도시를 집어삼키기를. 살아 있는 사람들이 겁을 먹고 흥분하고 광기에 빠진다면. 절망하여 비참한 모습을 보여준다면. 차는 곧 어둠 속으로 빠르게 사라졌다.


　빈소를 찾는 사람은 거의 없었다. 다른 빈소에선 곡소리가 들려왔다. 그 울음은 무의미했다. 무책임했다. 그 누구도 여동생의 영정 앞에서 통곡하지 않았다. 사람들은 그저 침통한 표정을 짓다가 돌아갈 뿐이었다. 늦은 밤이 되어서야 주유소 직원들이 모습을 드러냈다. 그들은 기에게 다가오더니 위로의 말을 건네려 했다.

　"사장은 중요한 일이 있다고 해서 우리만 왔어."

　그들은 미안한 표정을 짓다가 영정 사진 앞으로 다가가 절을 했다. 그리고 바로 식사를 했다.

　"배고프지 않아?"

　류가 기에게 다가와 물었다.

　"생각 없어."

　잠시 후 탄이 다가왔다. 아이는 모든 걸 다 알고 있다는 듯 기를 쳐다보았다. 적어도 불안한 모습은 보이지 않았다.

　"너, 지금 무슨 일이 일어난 건지 알아?"

　탄은 고개를 끄덕였다.

　"그래. 알고 있군. 네 고모란 자가 죽었어."

　기는 차갑게 말했다.

　"죽음이 뭔지 알아?"

　아이는 한 걸음 물러서더니 고개를 저었다. 기는 아이의 팔을 붙잡았다.

"이제 더는 볼 수 없다는 걸 의미해. 육체가 사라진다는 걸 의미해. 모든 것이 끝났다는 걸 의미하지. 자살이 뭔지 알아?"

"알 것 같아요."

"자신을 죽이는 일이야. 무서운 일이지. 타인을 죽이면 감옥에 가. 감옥에서 썩는 거지. 하지만 스스로를 죽이는 건 더 무서운 일이야. 그래, 누구나 한 번쯤 자살을 생각해. 하지만 실행에 옮기는 자는 드물어. 나는 오랫동안 자살하는 인간들을 경멸해왔어. 그건 자기도취일 뿐이야. 알아들어?"

기는 뭔가를 경멸하듯 말을 내뱉었다.

"어디서 죽었죠?"

"C호수."

"호수."

기는 탄을 외면했다. 더 이상 설명할 게 없었다. 호수에 대해서도 말하고 싶지 않았다. 삼시 여동생의 아기를 생각했다. 지금도 울음을 터뜨리고 있을까? 아기는 잠시 류의 가족들에게 맡길 수밖에 없었다. 하지만 그들이 기를 얼마나 몹쓸 놈으로 생각하고 있을지 신경 쓰였다.

그런데 여동생에게 온갖 구애를 했던 놈들은 어디에 있는 걸까? 왜 한 놈도 나타나지 않는 걸까? 빈소에는 그저 교회 사람들만 보일 뿐이었다. 그들은 빈소에서 예배를 드려도 되느냐고 기에게 정중하게 물었다. 기는 차갑게 거절했다. 그러자 그들은 기도만 해도 되느냐고 물었다. 그는 다시 거절했다. 기도 소리도 듣고 싶지 않았다. 모든 것이 끝나버렸는데 애도의 뜻으로 기도를 하는 게 탐탁지 않았다. 생의 모든 절실한 울림과 내면의 소리를 외면하고 싶었다. 교회의 목사가 찾아왔으나 그는 목사마저도 외면했다.

결국 교회 사람들은 조용히 흩어졌다. 주유소 직원들의 모습은 보이지 않았다. 그사이 휴대전화 벨소리가 울렸다.

"다들 다녀갔지?"

"네."

주유소 사장이었다.

"그렇군. 너무 갑작스러운 일을 당했어. 젊은 사람이 왜 그리 어리석은 일을 저질렀는지. 쯧쯧."

사장의 안타까움도 어쩐지 위선처럼 느껴졌다.

"여하튼 큰일 치르느라 고생이 많아."

사장은 통화를 하는 게 어색했는지 몇 번이나 헛기침을 했다. 전화는 곧 끊어졌다. 더 이상 전화는 걸려오지 않았다. 새벽이 되자 피로와 두통이 몰려왔다. 슬픔은 몸속 깊은 곳에 가라앉아 있었다. 침몰해 있었다. 그때 어디선가 고함 소리가 들려왔다. 다른 빈소에 있던 사람들마저 밖으로 나와 주위를 살폈다. 한 사내가 소리를 지르며 이쪽으로 다가오고 있었다. 새벽 3시였다. 사내가 누구인지 기는 짐작했다. 사내는 여동생 이름을 부르다가 온갖 욕설을 퍼부었다. 그리고 바닥에 주저앉아 통곡했다. 그토록 기다렸던 통곡이었다. 하지만 그것은 하나의 포즈처럼 보였다. 가면이자 연극처럼 보였다.

사내는 어딘가에서 막노동이라도 하고 돌아온 것 같았다. 그의 모습은 상당히 추레했다. 누군가 사내에게 다가가 적당히 좀 하라고 조언했다. 사내는 그 말을 듣지 않았다. 기는 사내의 눈물이 추하고 더럽다고 생각했다. 대체 뭘 하는 놈일까? 일방적으로 여동생을 따라다녔던 걸까? 혹시 저 더러운 놈과 몸이라도 섞은 걸까? 한심하게도 저런 놈과 어울리다니. 도무지 여동생을 용서할 수 없었다.

"이제 됐으니 돌아가요."

한참 후에 기가 말했다. 그러자 사내가 차가운 눈빛으로 기를 쏘아보았다.

"누구야?"

사내의 두 눈이 충혈되어 있었다.

"고인의 오빠 되는 사람입니다."

"흐음, 그래? 당신이 오빠야? 거만하고 잘난 오빠? 오호라, 여기서 만나는군."

그는 사내의 입에서 흘러나올 말들이 두려웠다. 만약 사내에게서 그동안 자신이 몰랐던 얘기를 듣게 된다면, 감당해낼 수 있을까? 그는 죄책감과 부끄러움 사이에서 갈팡질팡했다. 결국 기가 먼저 화장실로 피해버렸다. 저녁을 먹지 않았는데도 배가 아파왔다. 변기에 앉았지만 좀처럼 일을 볼 수 없었다. 문득 여동생의 얼굴을 생각했다. 그러자 기다렸다는 듯 대변이 나왔다. 거기엔 피가 묻어 있었다. 핏물은 금세 번졌다. 그제야 그는 변기에 앉아서 눈물을 흘리기 시작했다.

한참 후에야 그는 밖으로 나왔다. 다행히 빈소 어디에도 사내의 모습은 보이지 않았다. 출입문 쪽에도 없었다. 이 모든 상황을 어디선가 여동생이 지켜보고 있을 것 같았다. 가까운 이의 죽음이 아니라 그저 타인의 죽음이라면. 그렇게 이 상황을 벗어난다면. 이제 집으로 돌아가야 하는 일만 남은 거라면. 그러나 끝없는 부정과 회한 속에서 그는 다시 주저앉았다. 그러자 모처럼 허기가 찾아왔다. 다시 변비가 시작될까 봐 신경이 쓰였지만 음식이라도 먹고 싶었다. 어느새 그는 식어버린 국과 차가운 반찬들을 그릇에 담고 있었다.

새벽 4시였다. 고독하게 식사를 해야만 하는 시간이었다. 그 누구도 이런 자신을 쳐다보지 않기를. 이 순간만큼은 들키지 않기를 그는 바랐다.

실내는 지나치게 밝았다. 그것마저도 고통스러웠다. 모든 불을 꺼야만 했다. 사형 선고를 받은 죄수처럼 그는 무릎을 꿇고 앉아 밥알을 천천히 씹었다. 밥알이 자꾸만 양복바지에 떨어졌다. 그때 갑자기 불이 켜졌다. 그의 뒤에 류가 서 있었다. 류의 아버지도 있었다.

"여기서 뭘 하는가?"

류의 아버지가 물었다.

"식사를 하고 있었습니다."

아무에게도 들키고 싶지 않았는데. 더구나 류의 아버지, 난쟁이라니. 대체 저자가 여기에 왜 온 걸까? 용서한다는 의미일까? 아니면 고통에 빠진 그의 모습을 확인하고 싶은 걸까? 그것도 아니면 어떤 속셈이 있어 여기까지 찾아온 걸까? 그것도 새벽 시간에. 기는 온갖 의심을 하며 자리에서 일어섰다.

저 난쟁이. 난쟁이임에도 불구하고 왜 저자는 저렇듯 자비로운 표정을 짓고 있는 건가. 저것은 가능하기나 한 일인가. 난쟁이는 기를 향해 미소 지었다. 난쟁이는 혼자가 아니었다. 큰아들과 함께 있었다. 그들은 기를 향해 원망의 눈빛을 보내지 않았다. 오히려 그게 불편했기에 기가 먼저 고개를 돌렸다. 그는 속으로 그들을 비웃었다. 이런 꼴을 저들에게 보이고 싶지 않았는데. 무엇보다 자존심이 상했다. 저들에게 불행을 숨길 수 없다는 게.

"오지 않으러 했지만."

난쟁이가 말했다.

"고인에 대한 예의가 아닌 것 같더군."

"참으로 쓸쓸한 장례식이죠?"

기가 퉁명스럽게 물었다.

"자네를 보러 온 것은 아니네. 불편해하지 말게. 고인의 마지막 길을 지켜보고 싶었네. 그래도 안면이 있지 않나?"

그래, 안면이 있긴 했을 것이다. 오래전 여동생과 같이 있을 때, 류의 가족들과 마주친 적이 있었다. 그때는 짧은 인사만 나누고 지나쳤다. 난쟁이는 기억하고 있었다. 그러나 아무리 위로를 한다 해도 그에겐 어떤 말도 들려오지 않았다.

사람들의 말. 장례식장에 있는 사람들의 말. 말. 말. 떠다니는 말을 그는 오해했고 왜곡했고 의심했다. 그때마다 지껄이는 사람들의 얼굴을 한 대 치고 싶었다. 그만 좀 지껄이라고, 망자를 괴롭히지 말아달라고 주먹을 날리고 싶었다. 세상에 존재하는 모든 사람들. 언젠가 거품처럼 사라질 모든 사람들. 예나 지금이나 그는 그들이 한결같이 미웠다. 도무지 인간을 사랑할 수 없었다.

"지금이라도."

난쟁이가 돌아서며 말했다.

"식사를 더 하게. 불을 켜고."

"앉으시죠."

"불을 켜야지. 어둠을 이길 수 있나? 그 누구라도."

"……"

"그 누구도 이길 수 없을걸세. 남아 있는 자들을 위해서라도 불을 켜야 하지 않겠나? 아픈 사람들을 위해서라도. 마음이 아픈 사람들 말이지."

난쟁이가 말했다.

"등을 보지 말게나."

"네?"

"누군가의 등을 오래 쳐다보지 말게나."

"보지 않습니다."

"자네는,"

"얘기하시죠."

"스스로를 배반했다고 생각하지 않나? 타인을 배반한 것이 아니라 그것이 다만,"

"아픈 말을 하시는군요. 이런 곳에서."

"그게 가엾네. 인간의 목숨은 다 가엾고 눈물겹지만 자네는 특히 더."

"적어도 저는 외관상으로는 멀쩡합니다."

"그걸 말하는 건 아니네."

"전 내면이라는 걸 싫어합니다. 결국 자기 포장일 뿐이죠. 뭐 대단한 인간이 있습니까? 다들 잘난 척만 할 뿐이죠. 변함이 없으시군요. 여전히 혼자 고고한 척을 하시고."

"난 그렇게 살고 싶네, 계속."

"그러십시오."

"식사를 더 하게나."

"다 먹었습니다."

"누구라도 먹어야 하지 않겠나?"

난쟁이가 말했다. 기는 난쟁이 앞에서 주눅 들고 싶지 않았다. 기껏 구두나 수선하는 주제에 뭐가 잘났다고 저렇듯 너그러운 미소를 짓고 있는 건가. 모든 게 자신의 열등감인 걸 알면서도 미움은 사라지지 않았다. 어쩌면 그가 원하는 것은 삶에 대한 관조의 자세, 평화로움 그 자체일지도 모른다. 돈도 야심도 아닌 인생에 대한 평화로움, 타인에 대한 관대함. 하지만 그에겐 그런 것들이 부족했다. 조급함과 불안함만 남아 스스로를 괴롭히며 채찍질하고 있었다.

기는 밥그릇과 반찬 그릇을 개수대에 내려놓았다. 난쟁이 가족들은 말없이 빈소에서 서성거리고 있었다. 그들을 마주하자 기는 갑자기 혼자 있고 싶어졌다. 타인들을 보면서 비로소 소외감이 들었다.

어릴 적부터 지속된 그 감정은 도무지 사라지지 않았다. 이 감정의 실체는 과연 무엇일까? 여동생의 죽음을 앞에 두고도 왜 그런 생각을 하는 걸까? 이제는 의지할 데가 없었다.

때때로 여동생을 무시하고 경멸했던 것은 그가 보낼 수 있는 유일한 관심이자 표현이었다. 그걸 알고나 있었을까? 결국 그녀는 죽음에 유혹당한 것이다. 이기지 못하고 악의 세계에 현혹된 것이다. 사랑했던 사람들마저 철저하게 배반한 것이다.

기는 어느 순간 스스로를 죽이고 싶어질까 봐 겁이 났다. 안 된다. 살아야 한다. 살아야 한다. 살아남아야 한다. 살아남아서 한 번쯤은 자신을 사랑해야만 한다. 그렇게 속삭이고 싶었다. 인생에서 한 번쯤은 스스로를 긍정하고 싶었다. 그런 순간이 반드시 한 번쯤은 찾아와야만 했다. 모멸이나 학대가 아니라 온전한 사랑을 자신에게 베풀어야만 했다. 그건 곧 해방이나 탈출을 의미했다. 기는 차갑게 돌아섰다.

*

로의 양복 주머니에는 약봉지가 들어 있었다. 지난밤엔 몸살 때문에 힘겨웠다. 두 팔로 허공을 저었지만 손에 닿는 게 없었다. 시간이 흐르길 기다리며 그저 견디는 수밖에 없었다. 결국 하루 일을 쉬기로 하고 병원에 다녀왔다. 돌아오는 길엔 목발을 던져버리고 싶었다.

지하로 이어지는 건물 계단엔 아이가 웅크린 채 앉아 있었다. 로는 아이가 누군지 알고 있었다. 대체 여기서 뭘 하는 걸까? 순간적으로 아이가 뒤를 돌아보았다.

"목발."

"그래, 목발이다."

어둠 속에서 로가 말했다. 아이는 고개를 끄덕였다.

"목발 아저씨."

"그래, 늘 나와 함께하지."

"휘청거리면서 다니죠?"

"그렇지. 아무래도."

"그럴 수밖에 없어요?"

"그게 나의 운명이니까."

"운명?"

166

"전에는 그런 말을 싫어했지만."

로가 힘없이 말했다. 그럴수록 아이는 로의 얼굴을 빤히 쳐다보았다.

"이제 저쪽으로 좀 비켜다오. 내려가야 하니까."

그러나 아이는 좀처럼 비켜서지 않았다. 무슨 근심이라도 있는지 고개를 숙였다.

"부모님은 어디에?"

"빈소에."

"빈소?"

로는 누군가 죽었다는 걸 깨달았다. 죽음은 어디에나 있는 법이지. 지금 이 순간에도 누군가 죽어가고 있을지 모른다. 로는 그것을 대수롭지 않게 여겼다. 하지만 아이의 표정은 여전히 어두웠다.

"누가 죽었지?"

"아기 엄마."

"그게 누구지?"

"고모요."

아이의 목소리가 가라앉았다.

"어떻게 죽었지?"

"호수에서."

갑자기 아이가 얼굴을 찡그렸다.

"자살이군."

로는 혼잣말을 하듯 중얼거렸다. 뭔가 얘기라도 해주고 싶었다. 하지만 어떤 말도 나오지 않았다. 너무 이른 나이에 죽음에 대해 생각하는 건 좋지 않은 일이다. 차라리 모르는 채 살아가는 게 나을 것이다. 어린 나이에 죽음을 접했다가는 살아 있는 동안 극도의 허무에 빠질 수도 있다. 하지만 이 모든 것을 전해줄 수는 없었다.

"꽤 좋아했나 보군. 고모를."

"잘 모르겠어요."

"죽음 앞에서 슬픔을 느끼는 건가?"

"슬픔."

아이는 힘주어 말할 뿐 자신의 의견을 드러내지 않았다.

"그래, 그 누구도 알 수 없지. 삶이 무엇인지 모르듯."

그제야 아이가 고개를 들고 로의 눈을 들여다보았다.

"눈이 맑군."

아이는 굳게 입을 다물었다.

"인생에 대해 미리 알 필요는 없지. 어린이답게 굴어. 어린이답게."

어느새 로는 권위의식에 휩싸인 어른처럼 굴고 있었다. 평소에도 누군가에게 그런 충고는 하지 않는데. 알 수 없는 일이었다. 오래전 아들에게도 그런 말은 하지 않았다. 무엇보다 아들의 조숙함이 두려웠다. 그래서 아무 말도 하지 않았던 걸까? 시간이 흐를수록 자신의 아들이 연상되었다. 아이는 로가 계단

168

을 내려갈 수 있도록 자리를 비켜주었다.

"조금만 더 옆으로."

"옆으로?"

"그래. 비켜다오. 계단에서 구를 수도 있으니까."

오래전 로의 아들은 계단에서 구른 적이 있었다. 그때 아들은 앞니가 두 개나 부러졌다. 그 기억 때문일까? 로는 갑자기 계단에 서 있는 낯선 아이를 목발로 밀어버리고 싶은 충동을 느꼈다. 그것은 살인 의지까지는 아니어도 악의 한 부분이었다. 로는 한때 테러리스트가 되고 싶었던 적이 있었다. 겉으로는 너그러움과 고요함과 평온함을 가장하고 있지만 젊은 날 누구보다 위반과 반역을 꿈꾸었다. 평범한 것은 눈에 차지도 않았다. 그에겐 위험한 구석이 있었다. 운명은 대개 스스로가 만드는 법이었다. 특히 타인의 운명은 쉽게 눈에 보였다.

로는 종종 타인의 운명을 예상하곤 했다. 그것은 오만한 삶의 태도였다. 타인의 말년을 생각했기에 쉽게 누군가를 증오하지도 않았다. 그럴 필요는 없었다.

"자네에게는 분노가 없나?"

언젠가 로에게 그런 질문을 한 사람이 있었다.

"분노라."

"그래 누구에게나 갖고 있는 분노."

"그런 건 없네."

로는 체념하듯 말을 이었다. 상대는 아무 대답도 하지 않았다. 분노가 남아 있는지 그것조차 알 수 없었다. 다시 한 번 로는 아이의 맑은 눈을 들여다보았다. 누구에게나 어린 시절이 있기 마련이다. 숨 막히고 답답한 시절. 그러나 그것은 누구나 건너가야 하는 하나의 강인지도 모른다. 문득 로는 자신의 어린 시절을 떠올렸다. 세상으로부터 깊은 소외감을 느꼈던 시절이 있었다. 그래서 지금 이토록 타락한 건지도 모른다.

"집이 비었나?"

아이는 고개를 끄덕였다.

"함께 있어도 될까?"

"어디서요?"

"집을 한번 구경해보고 싶은데."

그것은 하나의 호기심이자 유혹이었다. 아이는 주먹을 쥐고 있다가 손을 가만히 펼쳤다. 그리고 이내 손바닥을 들여다보았다. 손금을 보고 있는 건가. 뚜렷하지도 않은 손금을 보면서 운명을 확인하고 있는 건가. 갑자기 아이는 겁 없이 계단을 내려갔다. 로는 뒤를 따랐다.

이윽고 문이 열렸다. 아이의 집에는 여기저기 박스가 쌓여 있었다. 집 내부는 하나의 오래된 박물관처럼 보였다. 가구들은 오래 되었지만 촌스럽지는 않았다. 조금만 더 정리를 한다면 좋을 것 같았다. 물론 빛은 들어오지 않았다.

"불을 켜다오."

"여기요?"

"그래."

"형광등을 갈아야 해요."

그사이 어디선가 쑥 냄새가 풍겨왔다. 로는 잠시 생각에 잠겼다. 이 공간. 1년 전 살인 사건이 일어났던 곳이 틀림없었다. 로는 무의식적으로 벽과 천장을 두루 살폈다. 뭔가 흔적이라도 찾으려는 듯 어딘가에 묻어 있을 검은 피를 상상하면서 쑥 냄새를 맡았다. 혹시 이것은 불안의 냄새일까? 죽음의 냄새라면.

"쑥을 태우는군."

로가 말했다.

"여기서 태워요."

"말렸다가 불을 붙이는군."

"그러면 검게 타요."

"결국 재가 되어 사라지겠지."

"목발 아저씨, 이쪽으로 오세요."

아이는 소파를 가리켰다. 로는 말없이 소파로 다가가서 앉았다.

"목발을 세워야지. 제대로 세워다오."

"그래요."

"눕히지 말고. 부모님은 언제 오시지?"

"곧."

"그렇다면 오래 있을 수 없군."

"줄 게 없어요. 아무것도."

"상관없다. 물이나 다오. 약을 먹어야 하니까."

아이가 냉장고에 든 물병을 꺼내왔다.

"평소에도 혼자 있나?"

"대개 그래요."

"아버지는?"

"차에 기름을 넣어요."

"주유소에서 일하는 건가? 새벽까지?"

뭔가를 안다는 듯 로가 질문했다.

"자정을 지나 새벽까지 일해요."

"주로 내가 깨어 있는 시간이군. 난 그 시간이 마음에 들지. 그때는 주로 술을 마시니까. 그러다 보면 계단을 내려오는 발소리를 자주 듣게 되지. 그때마다 저들이 돌아왔군, 생각한다. 가끔은 문을 열고 나가고 싶을 때도 있지만 그래도 달라지는 건 없으니까."

"아저씨는 혼자 사세요?"

"누구나 그렇지. 결국 그럴 수밖에 없으니까."

"모두 그런가요?"

"아무리 애써봐도."

로는 약을 삼켰다.

"수면제지. 꿈을 꾸려고."

"나도 꿈을 꿨어요."

"무슨 꿈인지 물어봐도 될까?"

172

호기심이 인다는 듯 로가 물었다. 늘 인간의 꿈이 궁금했다. 비록 아이의 꿈일지라도 궁금한 건 마찬가지였다.

"물이 가득 차올랐어요. 호수에 있는 물이 넘쳤어요. 그런데 거기에 죽은 사람들이 있었어요."

"고모의 죽음 때문에 충격을 받았나 보군."

"충격이요."

"우린 모두 죽은 자를 잊을 수 없지. 그건 고문과도 같으니까. 삶에 대한 고문. 때로는 악마처럼 산 자들을 괴롭히지. 얼른 거기서 빠져나와야 한다."

로가 단호하게 말했다.

"잊어버려요. 다."

이번엔 아이가 말했다. 로는 아이를 바라보았다. 누군가에게 듣고 싶었던 말이었다. 로는 그 순간 구원이라는 말을 떠올렸다. 너는 천사인가? 그래서 나에게 구원을 생각하게 하는가? 나도 나 자신을 구하고 싶다. 그런 다음 타인을 구하고 싶다. 비록 그것이 단 한 명일지라도. 나로 인해 구원받았다는 말을 들어보고 싶다. 설령 그것이 가짜일지라도. 하지만 로는 고개를 저었다. 사나운 욕망이 자신을 집어삼키고 있었다. 그를 향해 손가락질하고 있었다.

"한번 더 말해다오."

로는 목이 메었다.

"버려요."

무엇을 버려야 하는 걸까?

"그건 비겁을 의미하는 게 아닐까?"

그러자 아이는 고개를 저으며 속삭였다.

"더 비겁한 사람을 알아요."

"그게 누구지?"

"기."

"기?"

"함께 사는 사람이에요."

"그자 이름이 기였군. 그럼 네 이름은?"

"탄."

"특이하군."

"저마다 이름이 있어요."

"더 말해봐라."

"이해할 수 없어요. 기를."

"한 사람을 이해하는 건 지난한 일이다."

아이는 잠시 고개를 숙였다.

"미워해요. 기는 난쟁이를 미워해요."

"난쟁이라. 나 역시 난쟁이 친구를 알고 있지. 그 사람은 도무지 미워할 수가 없다. 자비로운 사람이지."

"사실은요, 할아버지."

"그래, 할아버지라 불러도 좋다."

어느새 로의 눈이 조금씩 감겼다. 잠시 소파에 누웠다. 로는 모처럼 편안함과 안정을 느꼈다. 쑥 냄새 때문일까? 낯선 집에 와 있다는 생각은 들지 않았다. 혹시 언제 한번 와본 적이 있었나?


로는 깜빡 잠이 들었다. 일어나 보니 아이가 로의 얼굴을 가만히 들여다보고 있었다.

"뭘 그렇게 가까이."

로는 미소를 지었다.

"주름이 많아요."

"시간의 흔적이지."

"흔적?"

"늙은이에게만 있는 것."

로는 체념하듯 말을 이었다.

"쉽게 얻을 수 없는 것이지. 인생에서 많은 걸 버려야 얻을 수 있지. 결국 주름만 남는다. 이게 바로 인생의 쓸쓸함이지."

"그런 건 몰라요."

"그래, 모르는 게 좋다. 되도록 모르는 채 살아가는 것이 좋다."

"얼굴이 부었어요."

"약을 먹어서 그런가."

로는 손바닥으로 두 뺨을 문질렀다.

"곧 올 거예요."

"누가?"

"어쩌면 함께 올지도 몰라요."

아이는 굳게 입을 다물었다.

"이제 그만 일어나야겠군. 목발 좀 다오."

"목발."

"그래. 그게 있어야만 앞으로 나아갈 수 있지."

로는 아이에게 건네받은 목발을 겨드랑이에 끼웠다.

"쑥 냄새가 좋군."

"계속 태울 거예요."

"그래, 태우면 아무것도 남지 않겠지. 모두가 사라지듯이."

그때 현관문 열리는 소리가 들려왔다.

"누구지?"

그러나 이미 거기에는 한 여자가 서 있었다.

저 여자. 어디서 봤는데. 아, 로는 순간 입을 다물지 못했다. 난쟁이의 작은딸, 류였다. 그녀는 문 앞에 가만히 서 있었다. 그런데 여긴 어쩐 일로? 로는 몹시 놀랐지만 겉으로 내색을 하지 않았다. 류 역시 놀란 듯 보였지만 이내 담담히 다가왔다.

"여긴 어떻게?"

류는 혼자였다. 혹시 기라는 자의 애인일까? 아니면 숨겨둔 정부일까? 그럴 리가 없는데. 난쟁이도 모르는 사이에 그런 관계를 맺은 걸까?

"이쪽으로 오렴."

류가 아이를 불렀다.

"제 아이예요."

"그랬군."

로는 무슨 말을 꺼내야 할지 잠시 머뭇거렸다. 이 건물에서 류를 본 적은 없었다. 그렇다면 별거나 이혼을 한 걸 수도 있었다. 하지만 그런 건 별로 중요하지 않았다.

"목발 아저씨예요."

아이가 류에게 말했다.

"옆집에 살거든."

이번엔 로가 설명했다.

"여기서 잠이 들었지."

"차라도 한잔 하시겠어요?"

"그러지."

로는 콧잔등을 매만졌다. 조금 더 이 공간에 머무르고 싶었다. 하지만 그사이 기라는 자가 문을 열고 들어오는 건 아닐까? 그런 일이 일어난다면 그의 차가운 눈빛을 감당할 수 있을까?

"이쪽으로 오세요."

류가 손짓했다. 로는 그녀를 따라 부엌으로 들어갔다. 싱크대와 작은 식탁, 의자만이 전부였다.

"여기서 함께 사는 건 아니겠지?"

"따로 지내요."

로는 안도했다.

"커피 드시겠어요?"

"그러지."

"좋아하세요?"

"가끔 마시니까."

"술은요?"

"거의 매일 마시지."

"드시겠어요?"

"혼자 마시는 걸 좋아하지만 한잔 마시고 싶군."

로는 아이를 쳐다보았다. 류는 진열장에 있던 와인을 한 병 꺼내왔다.

"마셔도 괜찮아요. 주인은 아니지만."

"주인이 오면."

불안한 듯 로가 물었다.

"나가야죠."

별거 아니라는 듯 류가 대답했다. 어느새 그들은 슬며시 웃고 있었다. 뭔가 불안하고도 은밀한 만남이었다. 난쟁이나 기가 본다면 수상하다고 여길지도 모른다. 목격자는 오로지 아이뿐이었다. 어쩌면 이 만남을 증명해주는 유일한 존재일지도 모른다. 모든 것은 사라지고 마는 법이니까. 로는 젊은 여자와 마주하고 있는 게 얼마나 오래된 일이지를 떠올려봤다.

"마셔요, 술."

아이가 로에게 다가와 속삭였다.

"아까 했던 말."

"그래."

"지켜요."

"그래, 노력해보지."

로는 약속을 지키지 못하리라는 걸 알고 있었다. 무엇도 버릴 수 없었다. 삶에 대한 집착. 아니 삶에 대한 파멸. 결국 버린다는 건 죽음 앞에서나 가능한 일일 것이다.

류는 천천히 술을 따랐다. 한 잔은 로에게 주었다. 남아 있는 잔에도 술을 따랐다. 그렇다고 로와 건배는 하지 않았다. 로는 그게 마음에 들었다. 무엇을 위해서도 건배는 하고 싶지 않았다.

"술을 좋아하나?"

류는 가만히 웃었다.

"가끔 마셔요."

"나는 매일 마시지. 알코올 중독이 될 정도는 아니지만 위로가 필요하니까."

"위로."

류는 주위를 살폈다. 아이는 방으로 들어갔는지 보이지 않았다.

"아이의 고모가 죽었다고?"

로가 속삭였다.

"그래요. 죽었어요."

"자살이라고."

"궁금하지 않으세요? 무엇 때문인지?"

"그걸 알 수 있을까, 살아 있는 자들이? 다만 추측할 뿐이지."

"죽음을 많이 겪었어요."

류가 말을 이었다.

"아시죠?"

로는 다만 침묵했다.

"아시겠어요?"

로는 뭔가 간청한다는 느낌을 받았다.

"류 아버지에게 들었지만."

"그런 말씀을 하셨나요? 의외인데요."

"누구나 자신의 속내를 털어놓을 수 있으니까."

"한때는 아버지가 무서운 분이라고 생각했어요."

"그 말은."

"자식을 낳았으니까요."

로는 류의 눈을 빤히 쳐다보았다. 깊고도 맑은 눈이었다. 저 검은 눈. 뭔가를 빨아들일 듯한 눈.

"그동안 무덤덤하게 살아왔지만."

류에게서 고독이 느껴졌다.

"형제들이 많이 괴로워했나 보군."

"큰오빠가 특히 괴로워했어요. 한 잔 더 하시겠어요?"

로는 고개를 끄덕였다.

"기는 어떻게 만났지?"

"만남 자체는 아주 진부했어요. 처음에는 성실하다고 생각했지만."

류는 뭔가를 숨기고 있었다. 어떤 배반감을 느낀 걸까? 아니면 기라는 자에게 크게 실망한 걸까? 류는 자리에서 일어나 한참을 서성였다. 그녀는 가슴이 드러나는 검은색 옷을 입고 있었다. 저 옷 안에 어떤 육체를 숨기고 있는 걸까? 가까이 다가가 한번 들여다보고 싶었다. 뼈만 드러난다 할지라도 젊은 여자의 육체를 들여다보고 싶었다. 그것을 욕정이라고 말하기는 어려웠다. 다만 관조하고 싶었을 뿐이었다. 벌써 늙어버린 걸까? 로는 한 손으로 술잔을 매만졌다. 그리고 다른 한 손으로 자신의 페니스를 슬쩍 건드렸다. 류는 이쪽을 쳐다보지 않았다. 그러자 그는 조금씩 흥분이 되었다.

"이제 선생님, 얘기를 해보세요."

류는 '선생님'이라는 호칭을 썼다.

"무엇을 말할까?"

"과거에 대해서요."

"현재와 미래를 말할까? 유폐된 삶을 말할까? 흔적 없이 지워진 이야기를 말할까?"

"어떤 얘기라도 좋아요."

류는 너그러워 보였다. 그 모습이 더없이 매력적으로 보였다.

"아버지가 말씀하시던데요. 과거 속에서 사는 사람이라고. 그 얘길 듣고 어리석다고 생각했어요."

갑자기 그녀가 말했다. 그녀에게서 단호함이 느껴졌다.

"담배를 좀 피워도 될까요?"

"물론."

로는 주머니 속에서 라이터를 꺼내 담뱃불을 붙여주었다.

"의족이 필요하지 않으세요?"

"그런 건 필요 없지."

"그렇다면 뭐가 필요하세요?"

로는 천천히 술잔을 흔들었다. 술잔에 비친 자신의 얼굴을 보고 싶었다.

"뭘 생각하세요?"

"류는 호기심이 많군."

"고독해서 그래요. 누군가의 죽음을 겪고 느껴지는 혼란을 감당할 수 없어서 그래요."

갑자기 그녀의 얼굴이 어두워졌다.

"고인과 친했나?"

류는 고개를 흔들었다.

"제 속내를 털어놓은 적은 몇 번 있어요. 그쪽은 언제나 베일에 싸여 있는 것 같았어요. 그게 늘 어려웠어요."

로의 손끝이 조금씩 떨렸다.

"죽음이 두렵지 않으세요?"

"두렵지."

"어떤 사람들은 죽음을 광기라고 말해요."

그녀는 혼란스러운지 고개를 저었다.

"저마다 다른 의견을 낼 뿐이지."

"두려워요. 이 시간을 어떻게 견뎌야 하죠?"

"타인의 죽음이 두려운가?"

로가 물었다.

"아니에요. 제 죽음이 두려워요. 지켜볼 수 없으니까요. 신이 인간에게 삶을 부여한 이유가 있을 텐데요. 무엇 때문일까요?"

"……"

"알고 싶어요."

"진지하군."

로는 화제를 돌리고 싶었다. 더 이상 가라앉고 싶지 않았다.

"대답해주세요. 신이 인간에게 고독을 부여한 이유가 있을 텐데요."

다시 그녀가 말했다.

"아직 죽음이나 고독을 말하기엔 이른 나이야. 심각해지지 않는 게 좋지. 그런 건 거부하는 게 좋아."

로가 말했다. 그러자 잊고 있었던 고통이 찾아왔다.

"가끔은 저도 죽고 싶어요."

로는 크게 놀라지 않았다. 이미 류의 눈 속에 많은 것들이 담겨 있었다. 류는 솔직한 여자였다. 뭔가를 감추려 하지 않았다. 그녀의 내면이 고스란히 느껴졌다. 류는 손바닥으로 두 뺨을 감쌌다. 눈물 한 방울이 떨어졌다. 로는 시선을 돌렸다. 누군가의 눈물 따윈 확인하고 싶지 않았다. 더는 약해지고 싶지 않았다.

"이것 좀 보세요."

그녀는 눈물을 닦지 않고 손가락으로 술잔을 가리켰다.

"누군가의 피처럼 보여요."

그녀의 손가락은 희고 가늘었다. 로는 흰 손가락을 가만히 응시했다. 그리고 자신의 손가락을 내려다보았다. 한없이 거친 손이었다. 갑자기 부끄러웠다. 로는 식탁 밑으로 손가락을 감추었다.

"어떤 사람들은 저에게 강하다고 말해요. 기 역시 그렇게 말하더군요. 사람들에겐 가족들이 난쟁이라는 사실을 숨겼어요. 처음엔 기에게 다 말할 생각이었어요. 하지만."

"그래서 떠난 거라고 생각하는지?"

로가 물었다.

"그건 중요하지 않아요. 기가 아니었어도 누군가의 아이를 낳았을 거예요. 아이를 낳아서 확인해보고 싶었어요."

"또 낳을 생각인가?"

"아니요. 충분해요."

로는 자신에게도 자식이 있었다고 고백하고 싶었다. 그 아이는 오래전에 지상에서 사라졌다고. 지금쯤 천사가 되어 이 세계를 내려다보고 있을 거라고. 그 아이를 생각할 때마다 자주 절망이 찾아온다고 말하고 싶었다. 하지만 털어놓을 수 없었다.

류는 다시 눈물을 흘렸다. 로는 그녀의 눈가에 키스라도 해주고 싶었다. 아니 그 눈물을 받아먹고 싶었다. 저 눈물이 어떤 의미인지는 모른다. 인간의 눈물, 그게 무엇인지 모른다.

로는 마음속으로 속삭였다. 너의 눈가에 키스를 하고 싶다. 이렇게 말한다면, 이 젊은 여자는 어떤 표정을 지을까? 당혹스러운 나머지 자리에서 일어나 밖으로 뛰쳐나갈까? 다시는 만나고 싶지 않다며 그를 부담스러워할까? 그는 손가락으로 식탁에 작은 원을 그렸다. 그것은 하나의 작은 세계에 불과했다. 이번엔 다시 손가락으로 큰 원을 그렸다. 그리고 술잔을 비스듬히 기울였다. 와인이 흘러내렸다. 로는 손가락으로 와인 한 방울을 찍어 류에게 내밀었다.

"자, 맛을 봐."

그것은 하나의 도발이었다. 유혹이었다. 뜻밖에도 류가 로의 손가락을 살짝 핥았다. 로는 간지러움을 참지 못했다. 손가락이 그의 성감대였나?

"두려움을 떨쳐내."

오래전 그 사람의 말투와 닮아 있었다. 어느새 늙은 사람이 되어 있었다. 그 사람과 로 자신이 동인 인물처럼 느껴졌다. 하지만 이제는 아주 많은 시간이 흘러버렸다. 그리고 지금은 젊은 여자와 마주 앉아 있다. 이것이 삶인가? 이것을 삶이라고 말해야 하나? 로는 류의 순진하고도 여린 눈을 깊숙이 응시했다.

"이제 그만 일어나지."

"선생님, 잠시만요."

그녀는 가만히 입술을 벌렸다. 로는 한동안 말을 잇지 못했다. 류의 손등과 목, 귓불을 차례대로 바라보았다. 이 젊은 여자의 성감대는 대체 어디일까? 도무지 거부할 수 없는 여자였다. 로는 이제 언어가 아니라 몸으로 대화하고 싶다고 생각했다. 그녀가 원한다면 하룻밤 정도는 안아줄 수도 있었다. 늘 그래왔듯이 침대에서 상대를 위해 다정한 말을 건네고 정성껏 애무해줄 수 있었다.

로는 조용히 침대로 가고 싶었다. 난쟁이의 얼굴과 목소리는 떠오르지 않았다. 낯선 집이 아니라 익숙하고 편안한 자신의 집으로 여자를 데려가고 싶었다. 침대에 여자를 조용히 눕히고 싶었다.

아직 죽음을 생각하기에는 이르다.

젊은 나이다.

생각하지 마라.

고독을 생각하지 마라.

인생의 희열을 생각하라.

그것만을 생각하라.

류의 살갗에 대고 속삭이고 싶었다. 부드럽게 속삭이고 싶었다. 로는 자리에서 일어섰다.

4장

결국 여는 돌아왔다. 먼 곳으로부터. 바다로부터. 사내로부터. 먼 길을 돌아서 자신만의 공간으로 돌아왔다. 지난밤엔 대체 무엇을 한 걸까? 사내와 함께 드라이브를 하고 밤바다를 바라본 게 전부였다. 그리고 아쉬움 없이 그와 헤어졌다.

　사내에겐 아직 휴가가 남아 있었다. 변덕스럽게도 그는 남은 날들을 집에서 보내고 싶다고 했다. 그녀는 순순히 그를 보내주었다. 결국 그녀만의 왕국인 이곳으로 돌아온 것이다.

　그녀는 조금 전 지하 복도에서 누군가를 봤다. 그토록 경계하던, 한쪽 다리 없는 사내였다. 뜻밖에도 그는 젊은 여자를 데리고 자신의 집으로 들어가고 있었다. 그 모습을 보자 소름이 돋았다. 한동안 그녀는 입을 다물지 못했다. 대체 무슨 관계일까? 젊은 여자가 왜 하필 저 수상한 자의 집으로 들어가는 걸까? 저자가 대체 어떻게 유혹을 했기에 저 음탕한 소굴로 들어가는 걸까? 멍청한 여자가 틀림없었다. 삶이 얼마나 길고 무서운 것인지 모르는 여자가 틀림없었다.

여는 많은 생각을 했다. 저 둘은 분명 침대에서 섹스를 하겠지. 대체 사내구실이나 제대로 할 수 있을까? 아무리 봐도 의심스러웠다. 혹시 돈을 주고 하룻밤을 같이 보내는 건 아닐까? 길에서 한낱 물건이나 파는 주제에 여자에게 쓸 돈이 있다니. 감히 타인의 몸을 탐하다니. 그녀는 한동안 계단에서 숨을 죽인 채 앉아 있었다. 모든 것을 염탐하듯 이 세계를 흥미롭게 지켜보았다. 그사이 그녀는 은밀한 질투를 느꼈다. 대체 이 감정은 무엇인가? 한낱 호기심인가? 그녀는 한동안 현관문을 쏘아보았다. 그들의 관계는 추해 보였다. 혹시 사랑하는 사이일까? 그렇다면 현관문이라도 두드려봐야 하나? 무슨 일이냐고 사내가 묻는다면?

딱히 떠오르는 대답이 없었다. 그것만으로 그들을 방해할 수는 없었다. 그녀는 문을 열고 거실로 들어와서도 한동안 자리에 앉아 있지 못했다. 불안한 듯 서성이다가 급하게 다시 밖으로 나갔다.

결국 그녀는 그의 집 현관문을 두드리고 있었다. 하지만 안에서는 별 반응이 없었다. 그럴수록 그들의 시간을 방해하고 싶었다. 어떤 관계가 온전하다면 그것을 방해하고 싶었다. 훼

방을 놓고 싶었다. 그들에게 치명적인 상처를 입히고 싶었다. 치명이라는 단어는 매혹적이고도 아름다웠다. 그것마저도 소유하고 싶었다.

결국 관계의 균열을 바라는 건가? 세상의 균열을? 여는 고개를 끄덕였다. 모든 관계가 실패하길 바라는가? 그래, 모든 사랑은 반드시 실패로 끝나야만 했다. 만약 그렇지 않다면 실패로 끝이 날 때까지 두 눈을 크게 뜨고 지켜보고 싶었다. 타인들이 즐거운 시간을 보내는 걸 상상하고 싶지 않았다. 그것만큼은 자신의 시간이어야 했다. 타인들은 그저 괴로워하면서 절망과 진창 속에서 버려진 채 삶을 증오해야만 했다. 기쁨 속에 머물러 있다는 걸 용납하기 힘들었다.

그녀는 타인의 고통 속에서 해방감을 느꼈다. 타인들의 상실을 옆에서 지켜보고 싶었다. 그들이 흘리는 눈물은 여에게 독이자 약이었다. 그저 실패를 지켜보며 조소를 던지고 싶었다. 그래, 그런 것이 인생이지. 그렇게 너그러운 미소를 지으면서 그들에게 휴지를 건네고 싶었다. 여전히 안에서는 아무 대답이 없었다.

잠시 후 갑자기 문이 열리더니 한쪽 다리 없는 사내가 모습을 드러냈다. 그의 눈은 충혈되어 있었다.

"무슨 일이오?"

한쪽 다리 없는 사내가 그녀에게 물었다. 그녀는 입을 다물었다.

"찾아온 이유를 알고 싶은데."

그녀는 문틈으로 집 안을 살폈다. 젊은 여자는 어디에도 보이지 않았다. 샤워를 하는 걸까? 아니면 벌써 침대에 누워 있는 걸까?

"당신은 나를 싫어하지 않았던가? 적어도 피하지 않았던가?"

"……"

"그러지 않았던가?"

"아니요."

한쪽 다리 없는 사내는 계속 말을 이었다.

"고함을 지르지 않았던가? 내게 용건이 있다면 말하지."

냉혹한 음성이었다. 언제나 차가운 것은 그녀 자신이었는데. 뭔가 바뀌었다는 생각이 들었다. 그녀는 잠시 머뭇거렸다.

"누군가요?"

뜻밖에도 그녀는 묻고 말았다.

"누구죠?"

"누구라니."

"아니에요."

한쪽 다리 없는 사내는 입술을 깨물었다. 뭔가 화가 난 듯 보였다.

"더 이상 대화를 나누고 싶지 않군. 당신은 날 살인자 취급했으니까."

"처음엔 살인을 한 줄 알았어요."

"살인?"

"그래요. 사람을 처참하게 죽였다고 생각했어요."

"우습군. 나 자신을 죽이면 죽였지. 타인에겐 관심조차 없으니까. 증오도 일어나지 않는데. 내겐 반항조차 없지."

"사실인가요?"

여가 물었다.

"증오조차 없다는 게? 반항조차도?"

"그쪽은 인생에 대해 욕심이 많나 보군. 욕망이 많아 보이는 눈."

"내 눈 말인가요?"

"그래, 그런 눈이야. 난 사람을 볼 때 눈을 뚫어지게 쳐다보지. 결국 다 들통이 나게 마련이니까. 생각이 많은 눈. 의심이 많은 눈. 퇴폐적인 눈. 허망한 눈."

"허망."

그녀는 허망이라는 단어에 말을 잇지 못했다. 지금 여기서 한쪽 다리 없는 사내와 뭘 하는 걸까? 대체 무슨 싸움을 벌이는 걸까? 싸움이 아니라면? 한쪽 다리 없는 사내는 그녀 앞에서 주눅 들지 않았다. 오히려 오만한 데가 있었다.

"누군가와 함께 있죠?"

"지금 날 유혹하는 건가?"

사내가 비웃듯이 물었다.

"그럴 리가요."

사내는 문을 닫아버렸다. 그녀는 문밖에서 팔짱을 낀 채 서 있었다. 저자는 뭔가를 숨기고 있는 게 틀림없었다. 그러자 한없이 뻔뻔한 저자의 과거가 궁금해졌다. 하지만 할 수 있는 게 아무것도 없었다. 천천히 발길을 돌릴 수밖에 없었다. 하긴, 혼자 사는 남자의 집에 여자가 찾아올 수도 있었다. 아까 봤던 여자가 처음이 아닐 수도 있었다.

그때 또다시 문이 열렸다. 그녀는 재빨리 고개를 돌렸다. 이번엔 다른 집에서 낯선 아이가 얼굴을 내민 채 이쪽을 응시하고 있었다. 대체 저 아이는 또 누군가?

"뭐지?"

그녀가 물었다. 아이는 계속 두리번거렸다.

"무엇 때문이지?"

"누굴 찾고 있어요."

"누구?"

"류."

"류?"

"이름이에요."

"왜 여기서 찾지?"

"멀리 갔을까 봐."

"이미 떠났어. 보이지 않을 만큼 멀리."

그녀는 아이의 희망을 꺾어버리고 싶었다. 희망이 얼마나 고약한 것인지 알려주고 싶었다. 아이는 잠시 침울한 표정을 지었다.

"나도 여기에 살아. 너보다 오래되었지."

순간 아이에게 겁을 주고 싶었다. 공포와 불안을 주고 싶었다. 1년 전 너의 집에서 살인 사건이 일어났다고, 넌 그것을 모르고 있지 않느냐고 말해버리고 싶었다. 그렇다면 아이는 겁을 먹을까? 만약 알게 된다면. 그날부터 악몽을 꾸게 될지도 모른다. 누군가에게 살해당하는 잔인한 꿈을. 추악한 꿈을. 허망한 꿈을 꾸게 될지도 모른다. 만약 겁에 질려서 아이가 방에서 소리라도 지른다면 그녀는 위로를 받을 것이다. 타인의 잔혹한 꿈조차 그녀에겐 일종의 위로였다.

"이 집에 비밀이 있다는 거, 너 알아?"

"비밀이요?"

아이는 고개를 저었다.

"이 집에서 사람이 죽었지. 꼭 너만 한 아이였어."

"……"

"두렵지 않아?"

뜻밖에도 아이는 담담했다. 놀란 건 오히려 그녀였다.

"생각만 해도 끔찍하지 않아? 조심하는 게 좋을 거야."

"죽음이 많아요."

"그래, 너무 많지. 삶이 계속되듯 죽음 또한 계속될 거야."

"어디서 오는 길이죠?"

이번엔 아이가 물었다.

"바다."

"한 번도 가본 적이 없어요."

아이는 말했다.

"안 됐군. 내가 본 건 아주 고독한 바다였어. 뛰어들고 싶을 만큼 잔인한 바다였지. 자꾸만 바다가 내게 손을 뻗었지. 바다와 싸우느라 아주 혼났어. 막다른 골목에 몰린 느낌이었지. 바다도 이빨이 있더군. 송곳처럼 보였으니까. 짐승의 이빨을 본 적 있어?"

그녀는 잠시 사내를 떠올렸다.

"함께 갔던 사람은 자꾸만 돌아가자고 재촉했지. 식은땀까지 흘렸으니까. 그 모습은 아주 추해 보였지. 비겁해 보였고. 그래서 결국 돌아온 거야. 나중에 한번 가서 확인해봐. 바다의 이빨을. 삶처럼 광폭하고 질긴 그것을."

"바다. 이빨."

아이는 곧 자신의 이를 드러냈다. 선홍색 혀가 보였다.

"네 건 아주 연약하고 부드럽지. 하지만 나중엔 그 혀로 여자와 키스를 하고 사랑을 나누겠지. 음식을 삼키고 누군가를 속이고 배반을 하겠지. 그 혀를 사용해 여자를 유혹하고 버리겠지. 너도 그럴 거야. 분명히."

여는 뭔가를 비웃듯이 말했다.

"들어가봐. 문단속 잘 하고."

아이는 문을 열고 안으로 들어갔다. 다시 적막이 찾아왔다.

그녀도 문을 열고 집으로 들어갔다. 그때 누군가 초인종을 눌렀다. 조심스럽게 문을 열었다. 뜻밖에도 거기엔 아이가 서 있었다.

"무슨 일이지?"

"전 지금 혼자 있어요."

"누구나 그래. 별 거 아니야. 들어오겠어?"

그녀는 아이를 위해 문을 더 열어두었다.

"류를 기다려요."

아이는 또다시 '류'라고 말했다.

"잠시 나갔나 봐요. 기다릴래요. 곧 돌아올 테니까요."

여는 잠시 류라는 여자가 부러웠다. 자신에게도 이런 아이가 있다면. 류는 대체 어떤 사람일까? 혹시 아이를 버려둔 채 다른 사내와 침대에서 뒹굴고 있는 건 아닐까? 인생을 한탄하면서? 한 번도 만난 적은 없지만 분명 불행한 여자일 것만 같았다. 틀림없이 자신보다도 더. 그러자 문득 아이를 데리고 폐차장을 산책하고 싶다는 생각이 들었다. 하늘은 더없이 흐렸다. 산책하기 좋은 날씨였다.

"폐차장에 가본 적 있어?"

"아니요."

"도무지 잊을 수 없는 곳이야. 바다만큼 고독한 장소지. 내가 태어난 곳, 결국 돌아갈 곳이야. 그래, 내가 뿌려질 곳이야."

여는 다소 쓸쓸한 음성으로 말을 이었다.

"폐차장에서 태어날 수도 있어요?"

"물론이야."

"버려진 차들을 본 적이 있어요."

"어디든 많지."

"기는 차를 좋아해요. 차를 원해요."

"기가 누구지?"

"함께 사는 사람."

"그렇군. 나 역시 차를 갈망해. 아이들도 갈망하지. 사내도 갈망해. 하지만 사내들을 만나는 건 적어도 뭐랄까. 아이를 낳기 위해서야. 그것뿐이야."

그녀는 아이와 함께 있는 게 편안했다. 적어도 아이는 그녀를 거부하지 않았다.

"임신을 해요."

"곧 그렇게 될 거야. 그게 나의 욕망이니까. 신이 곧 내 기도를 들어주실 거야."

아이는 잠시 생각에 잠겼다.

"따라오겠어?"

"금방 돌아오고 싶어요."

"오래 걸리지 않아."

결국 그녀는 겉옷을 입고 밖으로 나왔다. 아이와 함께 계단을 올라갔다. 한쪽 다리가 없는 사내는 여전히 밖으로 나오지 않았다.

그녀는 뭔가를 경멸하듯 고개를 돌렸다. 걸어가면서 줄곧 아이의 손을 잡았다. 아이는 손길을 거부하지 않았다. 여는 아픔이 느껴지도록 아이의 손을 세게 눌렀다. 작은 손이 금방이라도 부서질 것만 같았다.

문득 기라는 남자가 떠올랐다. 처음부터 인상이 좋지 않았다. 뭔가를 쉽게 버릴 수 있을 만큼 잔인하고 차가워 보였다. 물론 인간은 언제든 먼저 돌아설 수도 있었다. 자식을 버리는 부모 또한 세상에는 수없이 많았다. 여는 그들을 증오했고 경멸했다.

세상으로부터 버림받은 아이들. 그들이 어디에서 숨 쉬며 살아가고 있는지 그녀는 궁금했다. 그들이 어떻게 처녀가 되고 어떻게 늙고 병드는지 궁금했다.

그녀는 적어도 아이만큼은 버리고 싶지 않았다. 만약 아이를 낳는다면 분명 집착하게 되리라. 그건 충분히 가능한 일이었다.

부모를 단 한 번도 소유하지 못했으니 아이들이라도 소유하고 싶었다. 길들이고 사육하고 싶었다. 그리하여 끝까지 책임지고 싶었다. 그 사랑은 아름답고 광폭하고 끔찍한 것이었다. 그리하여 가혹한 방식으로 아이들을 길러내고 싶었다. 누군가 웃고 떠들고 싸우고 뒹굴고 소리치고 넘어지는 그 모든 광경을 두 눈으로 지켜보고 싶었다. 그녀에겐 그런 기억이 없었기에. 애정이라 부를 만한 따뜻한 기억이 없었기에.

"이 어둠이 무섭지 않아?"

여는 아이가 자신에게 매달리게 되기를 바랐다. 하지만 아이는 그 무엇도 두려워하지 않았다. 저 멀리 폐차장이 보였다. 짐승처럼 입을 크게 벌리고 있는 폐차장. 그 거대한 아가리 속으로 그들은 천천히 들어갔다. 그녀는 조금씩 흥분을 느꼈다.

"거대한 구멍."

여가 중얼거렸다.

마치 여자의 질 속으로 빨려 들어가는 듯했다. 질 속은 분명히 이렇듯 황량하고 정처 없을 것이다. 자궁은 하나의 권력이었다.

어쩐지 멀리서 버려진 아이들이 그녀에게 달려올 것만 같았다. 덫에 걸린 아이들. 곧 파멸할 아이들. 그녀는 많은 아이들을 물끄러미 지켜보고 싶었다.

"이쪽을 봐요."

아이가 손짓하더니 차 안을 가리켰다. 그녀는 그쪽으로 다가갔다. 그러자 검은 바지가 보였다. 그건 사람의 다리였다. 소름이 돋았다. 그자의 정체가 궁금했다. 죽은 사람은 아니었다. 다리가 조금씩 움직였다. 아이와 함께 차 안을 들여다보았다. 검은 모자로 얼굴을 가린 낯선 남자가 잠을 청하고 있었다.

혹시 폐차장 주인일까? 지난번에 자신을 경찰에 신고한 그자가 아닐까? 그렇다면 대체 왜 여기서 무엇을 하고 있는 걸까? 잠을 자고 있는 거라면. 여는 그를 깨우고 싶었다. 하지만 정말 그자가 맞는 거라면 무슨 말을 건네야 할까? 또다시 경찰에 신고한다면? 아이는 점점 차에서 멀어졌다.

"여기 자주 와요? 갈 데가 없어요?"

여는 고개를 끄덕였다.

"언젠가 기가 말했어요. 옆집 여자 이상하다고. 미친 여자가 되어가는 것 같다고 했어요. 신고하고 싶다고."

"너는 어떻게 생각하지?"

"잘 모르겠어요. 하지만 여긴 아닌 것 같아요."

"아니라면?"

"여기 말고도 산책할 데는 많아요."

이 모든 것을 아이에게 설명해줄 수 없었다. 언어로 전달할 수 없었다. 그녀는 불안한 마음에 자꾸만 주위를 둘러보았다. 아이와 함께 있다는 사실만으로도 긴장이 되었다. 더럽고 추한 이 세계 속에서 온전히 살아갈 수 있도록 아이를 보호해주고 싶었다. 그녀는 어느새 아이에게 애정을 느끼고 있었다. 건강하지 못한 애정이었다. 불순하고도 불온한 애정이었다.

지금이라도 아이를 차에 태워 어디론가 달아나고 싶었다. 납치하는 자들의 욕망이 이럴까? 물론 그들에게도 뭔가 채워지지 않는 불안이 있을 것이다. 불길한 자들. 불만을 품는 자들. 세상을 향해 경멸 섞인 웃음을 보내는 자들. 그들은 여와 많이 닮아 있었다. 소외되고 찌그러진 모습들이, 부서진 모습들이 닮아 있었다.

그녀는 자신의 얼굴을 잘 간파하고 있었다. 때로는 그 모습이 얼마나 흉측하고 아름다운지, 그 아름다움은 어떤 비극성을 띠고 있는지 알고 있었다. 앞으로도 계속 이런 인생을 살아갈 수도 있었다.

거대한 불화. 그 자체로서 존재하는 불화. 타인과의 불화. 자궁과의 불화. 그녀의 사전에는 금기라는 게 존재하지 않았다. 아니, 사실 그녀는 금기라는 그 단어 자체를 좋아했다. 거기엔 자유와 갈망이 있었다. 금기를 넘어선 순간 쾌감을 느낄 수 있었다.

하지만 가끔 그녀는 기도를 하기 위해 신을 찾았다. 구석에 몰린 심정을 느끼고 싶었기 때문이었다. 신은 자신의 모든 행동과 위악을 다 꿰뚫어볼 것만 같았다.

수많은 기도로 점철된 삶. 그러나 아무리 기도를 한다 해도 도무지 겸손해지지 않았다. 대체 인간을 향해 겸손해야 한다고 주장하는 자는 누구인가? 도무지 그들을 믿을 수 없었다. 그저 허위의식에 빠져 있는 자들이라고 그녀는 여겼다. 있는 그대로를 받아들인 채 살아갈 수밖에 없었다. 누구도 그녀에게 어떤 방식으로 살라고 강요하지 않았다. 만약 그녀가 온순하고 성실한 부모 밑에서 자라났다면 많은 것들이 달라졌을 것이다.

그들에게 기쁨을 선사하기 위해 여러 개의 가면을 쓰고 연극 따위를 했을지도 모른다. 특별한 날이면 가슴에 카네이션을 달아주고 생일 케이크에 촛불을 켜고 즐거움을 줬을지도 모른다. 착한 청년과 결혼해서 소박한 가정을 꾸렸을지도 모른다.

한때 그녀는 아주 진지하게 수녀가 될까 고민한 적도 있었다. 아마도 주변에 아는 사람들은 모두 그녀를 비웃었을 것이다. 그 많은 욕망을 숨긴 채 수녀로 살아가겠다고? 다행히 그 욕망은 길게 가지 않았다. 자신의 기질을 억누른 채 살아야 한다는 것. 긴장 속에서 지내야 한다는 게 무엇보다 피곤했다. 게다가 그녀는 누군가를 향해 복종할 수 있는 인간이 아니었다. 사실 살면서 너무 자주 피로를 느꼈다.

성당 한구석에 앉아 있는 것도 피로했고 어느 날은 사내들을 만나는 것도 피로했다. 물통 하나 없이 사하라 사막을 혼자 걷는 느낌이 들었다. 누군가 여의 눈을 보고 "당신 눈을 좀 봐. 황량해"라고 말한다면 와락 그를 끌어안을 수도 있었다. 그러자 문득 한쪽 다리가 없는 사내가 떠올랐다. 허망한 눈이라고 말했을 때 그녀는 그가 너무 고마웠다. 누군가 자신을 알아봐준 것이라 여겼다. 하지만 그녀는 정작 그 감정을 드러내지 않았다.

그녀에게는 순진성이라는 게 부족했다. 아이들에게 있는 천진성이 부족했다. 하지만 그건 그녀만의 잘못이 아니었다. 그런 기질은 그저 받아들인 채 살아갈 수밖에 없었다. 그러나 자족, 그것은 얼마나 어려운 일인가? 인간이 욕망을 거부하고 산다는 것은 또 얼마나 어려운 일인가?

인간은 욕망을 하고 꿈을 꾼다. 욕망을 삼켜버리고 꿈을 꾼다. 욕망과 한몸이 되어 꿈을 꾼다. 그리고 표류한다. 결국 침몰한다. 침몰 속에 여가 있었다. 침몰 바깥에 여가 있었다. 몸밖으로 독을 내뱉는다는 것. 그로 인해 여가 사라진다는 것. 그것은 하나의 망상에 불과했다. 이 세계는 더럽고 명징했으므로. 현실은 더없이 냉혹했으므로.

특히 인간세계라는 것은 더욱 그러했다. 감상과 나약함만으로 살아갈 수는 없었다. 무엇보다 살아가는 데 돈이 필요했다. 그녀는 돈마저도 우습게 여겼다. 그것으로 인해 삶이 망가지는 것을 여러 번 목격했기 때문이었다. 그녀는 돈이 하나의 폭력이라고 생각했다. 그 폭력은 인간을 위협하고 심지어 살해할 수도 있었다. 돈에 굶주린 인간들. 상승하고자 하는 인간들. 돈을 향해 개같이 달려드는 인간들. 그녀는 그들을 무시했다. 그러나 한편으론 그들에게 안쓰러움을 느꼈다. 그녀는 돈보다도 다른 것을 소유하고 싶었다. 한때나마 돈을 벌었던 것은 그런 이유 때문이었다. 도시 전체를 폐차장으로 만들기 위해서는 얼마만큼의 돈이 필요할 것인가? 실사 돈이 있다 해도 실현 가능한 일인가? 여는 도시 전체가 아니라 하나의 폐허를 생각했다. 폐허 속에서 더러운 비를 맞고 있는 사람들을 상상했다.

"돌아가요. 이제."

아이가 말했다. 떨고 있는 걸까?

"그래, 돌아가자."

그러나 그녀는 좀처럼 발걸음을 옮기지 않았다. 그저 바닥을 내려다보고 있었다. 거기엔 두 개의 그림자가 있었다. 그건 아이와 그녀의 그림자였다. 어느 날 혼자 성당을 찾았을 때에도 이렇듯 긴 그림자가 드리워져 있었다. 그렇다면 결국 무거움을 끌고 다닐 수밖에 없는 걸까? 삼켜버릴 수 없는 걸까? 이 세계를 비틀어버린다면. 여는 서서히 걸음을 옮겼다.

*

기는 여동생의 유골을 나무 아래에 묻었다. 장례 절차를 마치고 나서야 그는 한 그루의 나무를 올려다보았다. 나무는 모든 것을 알고 있는 듯했다. 모든 삶과 죽음을. 허무와 괴로움을. 남은 자들의 설움까지도 이해하고 있는 듯했다.

그렇다면 이제 어떤 방식으로 작별해야 하나? 고통 없는 헤어짐이 있기나 한가? 도무지 작별을 인정할 수 없어서 그는 몇 번이나 뒤를 돌아보았다. 아무도 없는 곳에 숨어서 울고 싶었다. 통곡하고 싶었다. 하지만 그럴 만한 장소가 없었다. 사방이 다 트여 있었다. 단 하나의 장소. 자신을 받아줄 만한 장소. 그는 그런 장소만을 생각했다.

저 멀리 류의 가족들이 말없이 장례 과정을 지켜보고 있었다. 기는 그들에게 고맙다는 인사를 건네지 않았다. 결국 난쟁이가 먼저 다가와 조심스럽게 말했다.

"이만 가보겠네. 나중에 연락을 하게."

류의 가족들은 그 말을 한 뒤 멀어져갔다. 그들이 떠나자 기의 마음은 비로소 편안해졌다. 그 누구도 자신을 지켜보고 있지 않다는 생각에 그는 자유를 느꼈다.

여동생의 죽음과 자신의 자유. 하지만 이제 어디로 가야 하나. 그리고 이제 어떻게 살아야 하나. 막상 떠오르는 게 없었다. 무엇보다 앞으로의 날들이 걱정이었다. 모든 걸 버리고 어딘가로 떠나고 싶었다. 아이들을 버리고 도망치고 싶었다. 그렇다면 어디로? 먼 타국으로? 숨어들면 모든 것으로부터 자유로울 것인가? 아니 그럴 수는 없을 것이다.

그는 식당으로 들어갔다. 참담한 기분 탓에 술을 마셔볼까 생각했지만 감당할 자신이 없었다. 그는 술에 약한 편이었다. 게다가 그는 술에 취한 자들을 좋아하지 않았다. 마시기만 하면 속내를 표현하는 자들. 어딘가 허랑해 보이고 쓸쓸한 눈빛을 지닌 자들이 불편했다.

기는 도무지 술에 취한 자들에게 관대함을 베풀 수 없었다. 그렇다고 그가 담배를 피우는 것도 아니었다. 담배 또한 싫은 건 마찬가지였다. 특히 길에서 담배를 피우는 인간들이 가장 싫었다. 뒤에서 연기를 맡을 때마다 그는 달려가서 그들의 뒤통수를 후려치고 싶었다.

기의 부친은 모든 것들을 가까이 했다. 내성적인 데다 소심했던 부친은 도박에도 손을 댔다. 만약 부친이 철저히 금욕적인 사람이었다면 기는 아마도 지금쯤 다른 사람이 되었을 것이다. 부친을 거부하기 위해 많은 것들을 가까이 했을지도 모른다. 방탕한 삶을 살았을지도 모른다.

기는 자신을 잘 알고 있었다. 무엇보다 인간에 대한 지독한 편견이 남아 있다는 것을 부정할 수 없었다. 그는 모든 인간이 똑같지 않다고 생각했다. 얼마만큼 타락할 수 있는지, 얼마만큼 엄숙해질 수 있는지 알고 있었다. 그렇다면 자신은 어느 부류에 속하는가.

많은 사람들이 지적했듯이 그에게는 남을 못살게 구는 버릇이 있었다. 고통에 빠진 인간들의 모습을 보면서 즐거워하는 버릇이 있었다. 남을 괴롭히면서 일종의 희열을 느꼈다. 타인에 대한 연민 없이 살아왔다고 고백할 수도 있었다.

사실 그가 가장 부러워했던 사람은 범죄자들이었다. 남의 물건을 탐내는 자, 속이는 자, 납치하는 자, 협박하는 자 들이었다. 사회를 혼란스럽게 만드는 자들, 소시민에게 공포를 주는 자들, 결국 감옥에서 일생을 끝마치는 자들이었다. 사회에 파장이 될 만한 큰 사건이 터졌을 때 그는 속으로 그들을 격려하고 응원했다.

아무도 모르게 도망쳐라. 잡히지 마라. 숨어서 지내라. 그렇게 속삭였다. 겉으로는 성실함을 가장한 채 살고 있지만 그에겐 선이라는 게 없었다. 오로지 누군가를 괴롭히기 위해 태어난 사람처럼 희생양을 찾기 위해 이리저리 기웃거렸다. 하나의 죄, 커다란 죄, 그런 것들이 그에게 있었다.

류의 아버지, 유독 난쟁이가 못마땅했던 것은 그에게 선이라는 게 존재했기 때문이었다. 아무리 봐도 난쟁이에겐 방탕한 구석은 찾아볼 수 없었다. 난쟁이로 태어났다면 증오라도 품어야 할 텐데. 그에겐 그런 것이 없었다. 가족에겐 더없이 너그럽고 자상했다. 류가 따뜻한 성품을 지닐 수 있었던 것은 난쟁이의 영향 때문이었다.

사실 모든 것은 기의 열등감에서 비롯된 것이었다. 류를 사랑했다기보다 류를 억누르고 늘 우위에 서고 싶었다. 사랑한다고 고백하는 류를 보면서 그는 그녀의 사랑을 마구 비웃었다. 애초부터 사랑이라는 건 믿지 않는다고. 그런 건 개한테나 갖다 주라고 그렇게 비웃었다. 류는 몹시 상처받았겠지만 그만큼 기는 괴로웠다.

식당에서 밥을 먹는 동안 그는 여동생의 아기를 데려와야겠다고 생각했다. 류의 가족들이 아기를 돌보고 있었다. 그는 난쟁이에게 전화를 걸었다.

"아기를 데려가겠습니다."

"오게나. 이제 아기를 어떻게 할 생각인가?"

"네?"

난쟁이가 물었다.

"알아서 할 겁니다."

"키울 생각인가? 자네 혼자서?"

"그럼 누가 키운단 말입니까? 입양이라도 보내란 말입니까?"

이번에도 기는 지나치게 앞서갔다.

"키울 수 있겠나?"

"물론입니다."

"힘들면 찾아오게나."

"그런 일은 없을 겁니다."

기는 힘주어 말했다. 그러는 동안 남아 있던 밥알을 다 삼켰다. 결국 식당 주인에게 밥을 한 그릇 더 시켰다. 국물도 더 달라고 했다. 식사를 마치고 거울을 보면서 그는 이쑤시개로 이 사이에 낀 고춧가루를 떼어냈다. 거울에 비친 그의 피부는 아주 더러웠다. 만약 더없이 깨끗한 피부였다면 이 시간을 견딜수 없었을 것이다. 더러움 자체는 그에게 만족감을 주었다.

식당을 나오면서 그는 가래침을 뱉었다. 지나가던 사람들이 쳐다보았을 때 그는 그들에게 달려가 힘껏 두들겨 패고 싶었다. 그들 역시 그걸 원하는 것 같았다. 그는 그들에게 저주 섞인 말들을 마구 내뱉었다.

차들이 빠르게 지나갔다. 인도가 있었지만 걷기에는 조금 위험했다. 운이 나쁘면 멀리서 달려오는 트럭에 치일 수도 있었다. 그러나 그는 두려움을 느끼지 않고 걸었다. 무작정 어딘가로 가고 있었다. 그러다 보니 자신을 학대하고 있다는 느낌을 받았다. 등에 자꾸만 땀이 나고 발바닥이 아팠다. 현기증이 일었다. 한낮의 햇빛은 너무 강하고 따가웠다.

게다가 길가에 피어 있는 꽃들을 보고 있자니 마음이 불편했다. 사람이 죽었는데도 이토록 아름다운 꽃이 지상에 피어 있다니. 이름 모를 꽃들을 보면서 기는 괴로웠다. 꽃의 노랑과 분홍을 견디기가 힘들었다. 그들이 자신을 조롱하는 것 같았다. 그 꽃을 모조리 꺾어버리고 싶었다. 쑥대밭을 만들고 싶었다. 마음이 괴로운 건 도무지 어떻게 할 수 없었다. 치유할 수 없었다.

그는 가슴을 부여잡고 흐느끼듯 걸었다. 피가 흐르는 것일까. 누군가 날카로운 칼로 가슴을 찌르는 것 같았다. 그가 입고 있는 와이셔츠 소매에는 잔뜩 때가 껴 있었다. 검은 양복마저 아주 더러웠다.

이제 어디로 가는가. 그는 꽃들을 향해 가래침을 뱉었다. 할 수 있는 건 그것밖에 없었다. 여동생이 지상에서 사라지자 이 세계가 다르게 보였다. 눈 속에 검은 모래들이 잔뜩 들어간 것처럼 세계는 어둡게만 보였다. 비가 오고 천둥 번개가 친다면. 하지만 날씨는 좀처럼 변하지 않았다. 날씨를 원망할 수도 없었다. 시간이 지날수록 그의 불행감은 높아졌다. 그럼에도 불구하고 졸음이 쏟아졌다. 무참한 마음을 억누른 채 그는 계속 걷기만 했다.

어느새 여동생이 살았던 집 쪽으로 가고 있었다. 바쁘고 귀찮다는 핑계로 두 번밖에 가보지 못했다. 주변 환경은 그리 좋은 편이 아니었다. 모텔이 많고 늘 소음이 끊이지 않았다. 밤이 되자 모텔의 불이 켜졌다. 그것은 화려한 동시에 조잡했다. 모텔로 들어서는 사람을 보면서 그는 치욕을 느꼈다. 타인의 사랑은 그저 추해 보였다. 탐욕과 욕망에 가득 찬 사람들의 뒷모습을 보는 건 힘들었다. 그의 사랑도 그렇게 추잡했던가. 적어도 그렇지는 않았다. 왜 타인들의 사랑은 자꾸만 추해 보이는가. 그는 불편한 마음을 억누르며 여동생의 집으로 들어갔다.

맞은편 모텔 불빛이 집 안 거실을 비추었다. 한동안 그는 불을 켜지 않고 실내를 훑어보았다. 살림살이는 많지 않았다. 대부분 아기용품들이었다. 방문을 열어보았다. 값싼 화장품들이 화장대 위에 놓여 있었다. 그는 가까이 다가가 싸구려 화장품을 쓰레기통에 집어넣었다. 이번엔 옷장을 열었다. 시장에서 싼 가격으로 구입한 옷들이 진열되어 있었다. 그는 모든 것을 외면했다. 침대 위엔 흰 종이가 펼쳐져 있었다.

〈기, 미안해.〉

유서라고 하기엔 너무도 짧았다. 평소에도 여동생은 죽음에 대해 담담했다. 그게 큰 상처라고 생각하지 않았다. 타인의 죽음 또한 담담하게 받아들였다. 여동생은 드라마틱한 삶을 원하지 않았다. 단조로운 삶을 원했다. 상처가 많고 사연 있어 보이는 사람들을 좋아하지 않았다. 죽음 때문에 누군가 상처받고 좌절하는 것을 원하지도 않았다. 그가 좌절한 것을 알면 여동생은 몹시 언짢아했을 것이다. 그와는 여러모로 달랐다. 그는 유서를 접어 쓰레기통에 넣었다.

그는 부엌으로 갔다. 대청소라도 한 걸까? 집은 의외로 깨끗

했다. 밥솥엔 밥이 가득 들어 있었다. 약간 쉰내가 났다. 예전 같으면 손도 대지 않았겠지만 마지막으로 여동생이 해놓은 밥을 먹고 싶었다. 복통에 시달린다 해도 그 밥알들을 다 삼켜버리고 싶었다.

그는 냉장고 안에 들어 있는 밑반찬을 꺼냈다. 그리고 조용히 식사를 했다. 지금껏 거부한 음식이 얼마나 많았는지 어렴풋이 깨달았다. 이제 더 이상 음식을 거부할 수는 없을 것이다. 이제는 오히려 음식이 그를 유혹하고 있었다. 아니 위로하고 있었다. 음식의 세계, 아니 쾌락의 세계. 그는 남아 있는 음식을 다 먹어버렸다. 여전히 설움이 남아 있었다. 겉으로는 냉정함을 가장하고 있었지만 그 감정은 사라지지 않았다.

식사를 마치고 그는 베란다로 나갔다. 모텔의 불빛이 화려하게 빛나고 있었다. 여동생은 이 자리에서 밖의 풍경을 내다봤을까. 그때마다 어떤 쓸쓸함을 느꼈을까. 그러자 문득 모텔 건물에 불을 시르고 싶은 충동을 느꼈다. 그것은 하나의 강렬한 유혹이었다. 거부할 수 없는 유혹이었다.

만일 저 모텔 건물에 불을 지르고 달아난다면? 사람들이 살려달라며 아우성을 칠까? 벌거벗은 몸으로 뛰쳐나올까? 왜 불을 질렀느냐고 누가 묻는다면 뭐라고 대답할까? 모든 것이 비현실적으로 느껴졌다고, 아니 모든 현실이 너무 적나라하고 잔인해서 그것을 도무지 감당할 수 없었다고 고백해야 할까?

그는 끝내 돌아섰다. 거실은 텅 비어 있었다. 아무 여자라도 데려와서 거실 바닥에 눕힌 다음 섹스를 하고 싶었다. 누워 있는 여자가 여동생의 얼굴을 닮았다면 더없이 좋을 것이다. 그 여자의 뺨을 거칠게 때릴 수도 있었다. 얼굴에 푸른 멍이 생길 때까지 계속 손찌검을 할 수도 있었다. 그런 생각을 하자 그는 가슴 쪽에 묵직한 통증을 느꼈다.

여동생을 사랑했던 걸까? 여동생은 그를 사랑하기나 했을까? 혹시 근친상간 같은 것이었을까? 여동생이 류에게 질투를 느꼈던 건 아닐까? 사랑한다면 질투 때문에 괴로워해야 마땅했다. 여동생은 그걸 견딜 수나 있었을까? 모든 것이 엉망이라고 생각하면서 그는 탈출하듯 밖으로 나갔다.

한동안 그는 모텔 건물을 올려다보았다. 어느 지점에 불을 질러야 할까? 이번엔 의심스런 눈으로 주위를 살폈다. 모텔 안에서 샤워를 하는 사람들, 협박을 하는 사람들, 애원을 하는 사람들, 신음을 하는 사람들. 기는 그런 사람들을 상상했고 조롱했고 비웃었다. 오래전 그 역시 모텔을 드나든 적이 있었다. 류가 곁에 있었고 무엇보다 그의 가슴엔 설렘이 남아 있었다. 남들 눈을 피해 사랑을 나눌 공간이 필요했다. 그러나 그것은 지금에 와서 한낱 보잘것없는 것이 되어버렸다. 시간이 흐를수록 그는 추위를 느꼈다. 뭔가 뜨거운 것이 필요했다. 불을 피울 공간을 찾기 위해 계속 주위를 두리번거렸다.


자정 무렵이 되어서야 기는 집 근처에 도착했다. 그동안 얼마나 걸었던가? 어딘가에 들어가 눕고만 싶었다. 하지만 그는 집으로 들어가지 않았다. 어쩐지 류와 아이가 함께 있을 것만 같았다. 그들의 시선마저도 피하고 싶었다. 누군가 자신을 염려하는 것조차 불편하고 부담스러웠다.

류는 분명 남자가 생겼다고 했는데, 지방으로 내려가겠다고 했는데, 그런데 어떻게 이렇게 빨리 눈앞에 나타난 걸까. 모든 것이 한낱 그를 속이기 위해 꾸며낸 게 아닐까? 만약 그런 거라면. 류가 거짓말을 한 거라면. 더는 그녀의 얼굴을 보고 싶지 않았다.

기는 발길을 돌렸다. 공원으로 향했다. 가로등만 켜져 있을 뿐 인적은 드물었다. 공원 관리소를 지나다가 그는 내부를 힐끔거렸다. 그 안에는 아무도 없었다. 그는 시선을 돌렸다. 저 멀리 분수대가 보였다. 주변은 지난번보다 더러웠다. 대체 이 분수대는 아무도 관리를 안 하는 걸까? 그런 생각을 하면서 그는 긴 의자로 다가갔다.

거기엔 두 개의 의자가 놓여 있었다. 한 개는 비어 있었고 나머지 의자에는 누군가 누워 있었다. 대체 누구일까? 노숙자일까? 의자에 누워 있는 자는 그 누구의 방해도 받지 않겠다는 듯 신문지로 얼굴을 덮고 있었다. 기는 그자에게 다가가고 싶었다. 깊은 잠을 자고 있다면 그 잠을 방해하고 싶었다. 당신은 여기에서 평화를 느끼는가? 나는 죽음과 싸우느라 이토록 괴로운데 당신은 한낱 잠이나 자고 있는가? 무슨 좋은 꿈이라도 꾸는가? 행복한 꿈인가? 그렇다면 그 꿈을 나에게도 줄 수 없는가? 기는 그자가 덮고 있는 신문지를 가만히 쏘아보았다.

가까이 다가가자 코 고는 소리가 들려왔다. 그의 옷차림은 아주 남루했다. 등산화를 신었는데 그걸 벗기면 온갖 악취가 풍길 것만 같았다. 그래도 벗겨볼까? 기는 잠시 멈칫했다. 아무래도 불안했다. 결국 비어 있는 긴 의자로 다가갔다.

의자에 누워 밤하늘을 올려다봤다. 온통 어둠이었다. 눈을 감았다. 그런데 어디선가 발소리가 들려 왔다. 어느새 검은 그림자가 기에게 다가왔다.

"누, 누구야?"

기는 자신도 모르게 소리쳤다.

"여기서 뭘 하고 있는 거요?"

눈앞에 한 남자가 서 있었다. 낯익은 얼굴이었다. 공원 관리인이었다. 나이는 쉰 정도 되었을까? 키는 몹시 작았는데 오랫동안 운동을 해왔는지 단단한 체구를 지니고 있었다. 머리는 이미 듬성듬성 빠져 있었다.

"혹시 저 의자에 누워 있었습니까?"

기가 물었다. 관리인은 고개를 저었다. 분명 저기에 누워 있었는데. 그러나 어느새 의자는 텅 비어 있었다. 그사이 어디로 가버린 걸까?

"대체 누굴 본 거요?"

공원 관리인이 퉁명스럽게 물었다.

"조금 전까지 어떤 한 사람이 저 의자에 누워 있더군요."

"잘못 본 거 아니요?"

"아닙니다."

기는 혼란스러워서 고개를 저었다.

"요즘 노숙자들이 공원에 자주 드나듭니까?"

"요즘에는 통."

"그렇군요."

기는 뭔가에 쫓기고 있는 사람처럼 주위를 둘러보았다.

"요즘엔 공원에 사람이 없는데 이 시간에 왜 여기 있는 거요? 조심하지 않고?"

관리인이 물었다.

"설명을 하자면 좀 깁니다."

기는 마른 침을 삼켰다.

"휴식을 취하고 싶었지만 마땅히 떠오르는 장소가 없더군요."

"휴식?"

"그렇습니다."

"여기에 있다가는 완전한 휴식을 맞게 될 수도 있지."

관리인은 바닥을 내려다보았다.

"무슨 뜻입니까?"

"근래 들어 이 공원에서 일어난 사건을 알지 못하오?"

"모릅니다."

"바로 당신이 서 있는 그 자리에서 사람이 칼에 찔렸지."

기는 한 걸음 뒤로 물러섰다. 불행을 피하려는 듯 빠른 몸짓이었다.

"죽었습니까? 그 사람?"

"살아났지."

"다행이군요."

"그런가? 칼에 찔린 자의 말에 의하면 그 순간을 잊을 수 없다고 하더군."

"그자를 직접 만났습니까?"

"뭐, 늘 만나니까."

"가까운 사이인가 보군요."

"그렇지. 아주 가깝다고 말할 수밖에. 아마 죽을 때까지 서로에게 의지하겠지. 으르렁거리면서 때로는 서로를 증오하면서. 서로를 필요로 하면서. 기대어 살 수밖에 없으니까."

"타인과 계속 그런 관계를 맺어야 하다니 피곤한 일이군요."

기는 자신도 모르게 인상을 썼다.

"그렇지. 완전한 타인이라고 할 수 있지. 더 이상 가까이 갈수 없는."

관리인은 팔짱을 꼈다. 배가 불룩하게 나와 있었다. 갑자기기가 물었다.

"혹시 칼에 찔린 사람이 여자입니까? 아내라도 됩니까?"

그러자 관리인은 폭소를 터뜨렸다. 그의 목소리가 쩌렁쩌렁

울렸다. 하지만 그는 이내 냉정을 되찾았다.

"이봐. 젊은 친구. 난 말이야. 여자를 아주 우습게 여기지. 적어도 여자란 동물에 기대진 않으니까."

"기대지 않는다고요?"

"물론."

"우습게 여긴다고요?"

기는 믿고 싶지 않았다.

"지금껏 내가 만난 여자들은 다 비슷하거든. 돈을 쓰고 칭찬만 하면 언제나 옷을 벗으려고 드니까. 그러다 이쪽에서 조금만 냉정하게 대하면 저마다 달려든단 말이야. 그러면서도 언제나 공주 대접을 받으려고 하지. 그러지 않으면 투정을 부리거나 짜증을 내면서. 그쪽도 어느 정도 여자에 대해 알고 있을 텐데."

기는 마른 침을 삼켰다.

"모릅니다."

"모른다? 차라리 그편이 낫지. 알려고 해봤자 머리만 복잡해지니까. 인생은 매우 단순해 보여도 실상 그렇지 않거든. 모든 파멸을 감당할 수 있을까? 갑작스럽게 닥치는 모든 것을."

"감당할 수 없겠죠. 아마도."

기는 한숨을 내쉬었다.

"좀 전에 저기 누워 있었던 자에 대해 설명해볼 수 있나?"

"어두워서 잘 보진 못했지만 신문지를 덮은 채."

"얼굴을 덮었겠지."

"가슴까지 덮고 있더군요."

"그자도 그렇게 얘기하더군. 칼에 찔린 자 말이야."

기는 비로소 그의 말을 알아들었다.

"같은 사람인가 보군. 운이 나빴다면 자넨 지금 이 자리에 쓰러져 있을지도 모르지."

"겁을 주는군요."

"그런 건 아니지만."

잠시 침묵이 흘렀다. 어디선가 풀벌레 소리가 들려왔다.

"저마다 살아 있다는 신호를 보내는군. 한낱 벌레조차도."

"모두가 그렇죠."

"모두가?"

믿을 수 없다는 듯 관리인이 물었다.

"저마다 고통을 드러내는 방식이겠죠."

"그중 인간이 고통 앞에서 가장 엄살을 떨지. 타인의 삶을 저주하면서. 그들이 불행해지길 바라면서."

관리인은 뭔가 비밀을 아는 것처럼 작게 속삭였다.

"모든 인간이 다 그런 것 아니겠습니까?"

"그래, 그럴지도 모르지. 칼을 휘두른 자의 심리도 그런 게 아닐까?"

"그자를 옹호하시는군요?"

"옹호까지는 아니어도."

"이해한다는 말씀이군요."

"그래, 이해라고 표현하는 게 좋겠군. 어쨌든 특별한 사건이
자 경험이었으니까."

"모두 다 죽음의 기억을 가슴에 품고 사는 거 아닙니까?"

"그래, 죽음의 기억. 내가 말하려는 게 바로 그거지. 멍청한
놈들도 잘난 놈들도 저마다 그런 기억쯤은 하나씩 지니고 있으
니까. 이를테면 죽음에 대해 환상을 갖는 거지. 만약 누군가 나
를 죽이려 한다면 나는 그자의 민얼굴을 오래 쳐다보고 싶어질
거야. 죽이는 자의 눈빛을 보고 싶거든."

"그들은 눈을 마주치려 하지 않을 겁니다."

기는 단호하게 말했다.

"그렇겠지. 아마도."

더 이상 풀벌레 소리는 들려오지 않았다.

"저는 지금 건물에 불을 지르고 오는 길입니다."

기는 머뭇거렸다.

"방화자."

"그렇습니다."

기는 어깨를 움츠렸다.

"지금 그 말을 믿어야 하나?"

"아무래도 상관없지만."

"외로움을 느끼는가 보군. 왜 불을 질렀는지 물어봐도 될
까?"

관리인이 조심스럽게 물었다.

"소외감을 느꼈기 때문이지요."

기는 잠시 눈을 감았다. 혹시 연기에 질식해서 사람이 죽은 건 아닐까? 건물 옥상에서 누군가 뛰어내린 건 아닐까? 어쩌면 그랬을지도 모른다. 지금쯤 누군가에 의해 불은 꺼졌을지도 모른다. 몇 대의 소방차들이 도착을 하고 구경꾼들이 모여들었을 것이다. 혹시 여동생이 살던 집까지 불이 번진 거라면.

지금이라도 어딘가에 들어가서 뉴스라도 봐야 할 텐데. 기는 두려움보다 외로움을 느꼈다. 외로움이 이렇게 처절할 줄이야. 그 무엇으로도 설명할 수 없었다. 그렇다고 누구에게도 이해받고 싶지 않았다. 살아 있다면. 살아 있는 존재라면 완전한 이해와 소통은 불가능할 것이다.

모두 이해하는 척 긍정하는 척 살아가고 있지만 적어도 그건 껍데기에 지나지 않는다. 그런 껍데기를 뒤집어쓴 채 살아가고 싶지 않았다. 기는 묵묵히 자신의 그림자를 쏘아보았다.

"혹시 랜턴 같은 거 없습니까?"

"그런 건 필요 없지. 어두운 걸 좋아하니까."

"곧 해가 뜰까요?"

"아직 멀었는데. 랜턴은 왜?"

"제 얼굴을 비춰보고 싶습니다. 눈이 부셔서 제대로 쳐다볼 수도 없겠지만."

관리인은 가만히 웃었다.

"비웃음인가요?"

기는 불쾌한 듯 상대를 쏘아보았다.

"난 누구도 비웃지 않지. 그러고 싶지 않으니까."

"그렇다면 그 웃음의 의미는 무엇입니까?"

기는 집요하게 물었다.

"자네는 불안한가 보군. 방화자라는 게 사실일지도 모르겠어."

"사실입니다. 요 며칠은 저에게 몹시 특별했거든요."

기는 뭔가를 고백하듯 말을 이었다. 아니, 그것은 고백이 아니라 기도에 가까웠다. 낯선 자 앞에서 그는 두 손을 모으고 있었다. 몹시 불안한 자세로.

"자네는."

관리인이 기의 어깨를 두드렸다. 기는 피하듯 한 걸음 물러섰다.

"자네는 이 보는 것이 거짓이라고 생각되지 않나? 이 세계가 어딘가 모르게 잘못되어 있다고 생각하지 않나?"

갑자기 관리인이 긴 의자로 다가갔다.

"여기 어디쯤 피가 묻어 있을 것 같은데."

"물론 사람의 피겠죠."

기가 대꾸했다.

"난 누구의 피인지 알고 있네."

기는 말없이 그 옆으로 다가갔다. 그리고 무너지듯이 의자에 앉았다. 긴 허무를 관조하듯이. 어느새 기는 조금씩 떨고 있었다.

"떨지 말게. 자네만 그런 것이 아니니까."

"하지만 두렵군요."

기는 순간적으로 뒤를 돌아보았다. 어느새 주변을 살피고 있었다.

"언제까지 여기에 숨어 있을 건가? 텅 빈 공간에. 자네는 여기서 무엇을 기다리나?"

"모르겠습니다."

"아무것도 기다리지 않는 게 좋을 거야."

잠시 그들의 눈이 마주쳤다. 서로를 의심하는 눈빛이었다.

"자네는 분명 혼자 살고 있을 테지."

관리인은 뭔가 확신에 차 있었다.

"아닙니다. 아이가 하나 있죠. 아니 이제는 둘입니다. 지난번에 같이 있는 걸 봤을 텐데요."

"그렇다면 우리가 초면이 아니라는 얘긴데."

"그렇습니다."

"아이를 사랑하나?"

기는 잠시 망설였다. 아이를 사랑한다는 생각은 해본 적이 없었다. 그저 핏줄이니까 어쩔 수 없이 함께 살아온 것뿐이었다. 적어도 아이를 소유하려 하거나 집착해본 적은 없었다.

"대답을 못하는군."

"어려운 질문이니까요. 대체 사랑이 뭐죠?"

"고뇌가 아닐까?"

"공감할 수 없군요."

기는 머리를 흔들었다. 뭔가 미궁 속으로 빠져드는 느낌이었다. 담배가 있다면 한 대 피우고 싶었다.

"적어도 난 그렇게 생각하네. 고뇌가 없는 사랑이란 흥미를 끌지 못하니까. 하긴 젊었을 때 난 사랑보다 유희를 택했지. 그것만이 전부라고 여긴 적이 있으니까. 여자들을 희롱하면서. 아니 모든 인간들을 희롱하면서."

"진지한 사람이 아니군요?"

"무엇이 진지한 거지? 그런 건 다 쓸모없는 짓이지. 배운 자들의 포즈일 뿐."

"그동안 누군가에게 복수하고 싶었던 적은 없습니까? 모욕을 주고 싶었던 적은?"

기는 궁금했다.

"왜 없겠나? 끊임없이 모욕을 주고 싶었던 적이 있지. 얘기하자면 길지. 다 젊은 날의 한때일 뿐."

"과연 그럴까요?"

"자네는 지치지 않나? 젊음이라는 것이. 산다는 것이."

"때로는 그렇습니다."

기는 고개를 끄덕였다. 낯선 자와 대화를 나누고 있으니 깊은 숲길을 걷고 있는 것 같았다. 적어도 혼자 숲길에 남겨져 있는 건 아니었다. 기는 자신이 무슨 일을 저지른 건지 혼란스러웠다. 죽음과 방화. 죽음과 평화. 짧은 시간에 너무 많은 걸 경험한 걸까? 왜 이런 일이 일어난 걸까? 곧 감옥으로 끌려가는 건 아닐까? 그렇다면 차가운 감옥에서 남은 날들을 보내야 하나? 재판을 받고 사람들의 야유를 받고 결국 말년엔 스스로를 연민한 채 살아야 하나? 아니, 지금 눈앞에 이자만 없다면. 이 낯선 자만 입을 다문다면 그 죄는 아무도 모를 것이다.

기는 관리인의 입을 틀어막고 싶었다. 그를 협박하고 싶었다. 그 누구에게도 발설하지 말라고, 만약 그렇게 하면 가만두지 않을 거라고 겁을 주고 싶었다. 주머니 속에 칼이라도 있다면, 이자의 등을 찌른 채 달아나고 싶었다. 왜 그런 비밀을 고했던가? 모든 것을 비밀로 해달라고 부탁하고 싶었다. 그러나 그렇게 하지 않았다.

"끌려갈까 봐 두려운가? 내가 경찰에 신고라도 할까 봐?"

기는 놀라고 말았다.

"그쪽도 죄를 지은 적이 있겠죠."

"물론 많은 죄를 지었지."

"들어볼 수 있을까요?"

조금이라도 듣고 싶었다. 그가 어딘가로 도망칠 수 없게 감옥에 가둬버리고 싶었다.

"뭐, 사람을 여럿 버렸으니까."

"가까운 사람이겠죠. 물론."

"그렇지."

"모두 버렸겠죠? 죄가 깊군요. 배반이라면. 물론 가족이겠죠?"

공원 관리인은 잠시 쓸쓸히 미소 지었다. 상대가 거짓말을 하고 있지 않다는 걸, 기는 알아차렸다.

"그래서 혼자가 되었나요? 말년에 이렇게 빈 공원이나 쓸쓸히 지키면서."

기는 상대를 조롱하듯 말을 내뱉었다.

"패배자의 얼굴 같나?"

"글쎄요."

관리인은 좀처럼 주눅 들지 않았다. 잠시 뭔가를 생각하는 듯했다. 그 순간 동전 굴러가는 소리가 들려왔다. 10원짜리일까? 잠시 후 다시 동전이 굴러갔다. 관리인이 주머니 속에 있던 동전을 떨어뜨리고 있었다.

"너무 무겁군. 동전마저도."

"모든 것이 다 그렇겠죠."

"돈이란 뭐, 쓸모없는 거니까."

"자본주의 사회에서 돈이야말로 가장 의미 있고 아름다운 거 아닐까요? 인간이 노동을 하는 것은 돈 때문이지요. 저 역시 다르지 않습니다."

"노동."

"그렇습니다."

"마르크스를 아나?"

갑자기 관리인이 물었다. 기는 인상을 썼다.

"저는 책 따위 읽지 않는 인간입니다. 노동에 아주 지친 인간이지요. 이제는 기름 냄새만 맡아도 신물이 날 정도니까요. 자동차나 사람들만 봐도 짜증이 날 뿐입니다."

기는 자세를 낮추고 동전을 주웠다.

"하지만 그것도 하나의 집착일 뿐이지. 곧 알게 되겠지. 모든 게 부질없다는 것을."

관리인이 등을 돌렸다.

"이제 저는 여기서 잠을 좀 자야겠습니다."

기가 말했다.

"그래, 악몽은 꾸지 말고."

"혹시,"

"무슨 말을 할 생각인가?"

"혹시 신고하는 건 아니겠죠?"

관리인은 소리를 내며 웃었다. 저 웃음의 의미는 대체 무엇일까? 기는 불쾌한 표정을 지으며 의자에 누워버렸다. 서서히 멀어져가는 발소리를 들었다. 잠시라도 깊은 잠을 청하고 싶었다. 그 누구의 방해도 받고 싶지 않았다. 오로지 그것만을 희망했다. 절실히 그것만을 원했다. 깨어 있고 싶지 않았다. 누군가 그를 조종하는 것 같았다. 아니 이 삶, 전체를 조롱하는 것 같았다.

*

젊은 여자의 육체.

로는 잠시 생각에 잠겼다.

거기엔 어떤 아름다움이 있었다. 그것만큼은 부정할 수 없었다. 지난밤 로는 한 여자와의 잠자리에서 최선을 다했고 그 여자를 기쁘게 하기 위해 애를 썼다. 그녀 역시 로의 노력을 눈치챘을까? 함께 있는 동안 행복했을까? 그것을 사랑이라고 말할 수는 없었다. 그렇다고 하룻밤의 욕망이라고 말할 수도 없었다. 적어도 연민에 가까웠다. 그렇다면 연민만으로 잠자리를 할 수 있을까? 그렇게 자신이 마음 약하고 이타적인 인간이었던가?

로는 아무것도 확신할 수 없었다. 눈을 감고 그는 잠시 난쟁이를 생각했다. 죄책감을 느낀 건 아니었다. 만약 난쟁이가 이 사실을 알게 된다면 로에게 무슨 말을 할까? 그렇게 안 봤는데 실망을 했다고 말하면서 등을 돌릴까?

그런 생각을 하자 로는 가슴이 아팠다. 난쟁이의 작은딸과 하룻밤을 보냈다는 것을 비밀로 해둘 수밖에 없었다. 류라는 여자. 지난밤 침실에 함께 있을 때에도 로는 몇 번이나 착각을 했다. 젊은 날 자신의 아내와 많이 닮았기 때문이었다. 지난날 로가 아내를 안아준 것은 몇 번 되지 않았다. 그들은 침대에서 좀처럼 사랑을 나누지 않았다. 가끔 가책을 느꼈으나 어쩔 수 없는 일이었다. 그의 시선은 늘 다른 곳을 향해 있었다. 도무지 두 명에게 충실할 수 없었다. 그건 누군가를 기만하는 일이었다.

지난밤 류와 함께 있을 때, 로는 그녀의 젖가슴에 한참 얼굴을 묻고 있었다. 로는 울고 싶었다. 그녀는 그런 그를 이해해줄 것만 같았다. 류는 죽음에 매혹되어 있었다. 죽고 싶어 하는 마음과 살고 싶어 하는 마음 사이에서 갈등하고 있었다. 세상과 싸우고 있었다. 스스로와 싸우고 있었다. 그것을 지켜보는 일은 힘들었다. 그런데 류는 대체 어떤 마음으로 그를 따라온 걸까? 그렇게 선뜻 집으로 올 거라는 생각은 하지 못했다. 술에 취한 것은 아니었다.

로는 그녀와 많은 대화를 나누었다. 함께 있을수록 편안했다. 그러나 그만큼 아팠던 것도 사실이었다. 로는 지난날 자신의 젊음과 조우하는 것 같았다. 잊었다고 생각했는데. 모든 것을 끊고 달아났다고 생각했는데. 그것은 그저 착각에 지나지 않았다. 이제는 그 무엇도 장담할 수 없었다. 사실 섹스를 하면서도 쾌감을 느낄 수 없었다. 늙었기 때문일까? 로는 좌절했다. 동시에 늙어버린 자신의 육체가 부끄러웠다.

만약 침대에 누워 있는 젊은 여자가 묻는다면, 이렇게 빨리 끝난 거냐고 따지듯이 묻는다면 뭐라고 대답해야 하나. 그러나 고맙게도 그녀는 아무 말도 하지 않았다. 그렇다고 로를 다정하게 안아주지도 않았다. 잠시 육체의 교감을 나눈 것뿐이었다. 그게 전부였다.

아직 사랑할 힘이 남아 있는가? 로는 고개를 저었다. 사랑
보다는 인생에 대한 사무침이 가슴에 남아 있었다. 그 사무침
은 때때로 로를 주저하게 만들었다. 만약 류라는 여자를 만나
게 된다면 다시 그녀와 하룻밤을 보낼 수 있을까? 지난밤 침대
에 누워 담배를 피우던 그녀의 모습이 떠올랐다. 짧은 머리카
락 때문인지 언뜻 소년처럼 보였다. 난쟁이의 그림자는 찾아볼
수 없었다.

"아이를 갖게 될까 봐 두려운가?"

로가 물었다.

"아니요."

류는 머리카락을 넘기며 대답했다.

"임신에 대해 두려움을 갖는 여자들이 종종 있더군."

"저 역시 그랬어요."

잠시 침묵이 이어졌다.

"선생님은 혼자라는 생각이 들 때면 어떻게 하시죠? 외로움
은 어떻게 극복하시죠?"

"류는 어떻게 극복하지?"

"먼저 대답해보세요."

류는 간절한 눈으로 로를 쳐다보았다.

"그걸 어떻게 극복해야 할까? 해결될 수 없는 그것은."

"내버려둬야 할까요, 선생님?"

다시 류가 말했다. 선생이라는 호칭이 거북하지는 않았다. 아니 그보다 류의 음성은 듣기 좋았다. 부드럽고 따뜻했다. 예민하거나 날카롭지 않았다. 그런데 기라는 자는 왜 이 여자와 헤어졌을까? 이 여자를 감당할 수 없었던 걸까?

로는 자리에서 일어나 류에게 키스를 했다. 그녀는 곧 로의 입술을 매만졌다. 그 시간은 길지 않았다. 류는 옷을 입었다. 헤어질 시간이 다가오고 있었다. 언제나 로는 이런 시간을 감당하기 힘들었다. 상대가 먼저 뒤돌아서서 옷을 입을 때, 로는 지그시 눈을 감았다. 단 한 번도 상대보다 먼저 옷을 입은 적이 없었다. 상대가 옷을 입고 돌아설 때까지 로는 기다려주었다. 때로는 그 시간이 쓸쓸했다.

그때 갑자기 초인종이 울렸다. 류는 소스라치게 놀랐다. 만약 아이가 문 앞에 서 있다면 이 상황을 어떻게 설명해야 할까?

로는 현관으로 다가갔다. 다행히 아이는 아니었다. 뜻밖에도 거기에 한 여자가 서 있었다. 로는 단번에 그녀를 알아보았다.

언제나 모멸 섞인 눈빛을 보내던 여자. 한없이 예민한 여자. 같은 건물에 사는 여자였다. 로는 그녀에 대해 아는 게 없었다. 이름이나 나이조차도 알지 못했다. 그런데 이 시간에 왜 찾아온 걸까? 뭔가 불만이라도 있는 걸까? 갑자기 로는 불안해졌다. 그러나 겉으로 내색은 하지 않았다. 지금은 혼자가 아니라는 사실에 그는 그저 깊이 안도했다. 대신 무슨 일이냐고 물었다. 상대는 좀처럼 대답을 하지 않았다. 뭔가 염탐이라도 하려는 걸까? 그녀는 로의 집에 누가 와 있는 거냐고 물었다. 혹시 류를 본 걸까? 로는 침착함을 잃지 않았다. 만약 젊은 여자와 함께 있다는 소문이 난다면 로는 사촌동생이라고 말할 것이다. 아무도 그 말을 믿지 않겠지만.

전부터 로는 옆집 여자의 정체가 궁금했다. 여자는 직업이 없는 듯했다. 가끔 늦은 밤 어딘가로 가는 걸 보긴 했다. 또 생각나는 게 있었다. 이따금 여자를 찾아오는 자가 있었다. 인상이 좋지 않은 사내. 그자를 본 순간 로는 배반의 냄새를 느꼈다. 언제라도 사람들의 뒤통수를 칠 것만 같았다. 배반을 해놓고도 아무런 죄책감을 느끼지 못한 채 또 다른 죄를 저지를 것만 같았다. 여자는 그걸 알고나 있을까? 배반의 냄새를 맡지 못하는 걸까? 이중적이고 교활해 보이는 그런 자를 곁에 두고 있다니. 여자는 분명 희생양이 될 것이다.

로는 그렇게 짐작했다. 그건 그의 직감이었다. 그런 사내들은 피해 가는 게 상책이었다. 더러운 개에게 물렸다가는 호되게 상처를 받거나 심지어 피를 흘린 채 죽어갈 수도 있었다. 그런 자들에게 물리는 여자들을 볼 때마다 로는 그녀들이 가엾어졌다.

로는 언제나 약한 자들의 편이었다. 상처받고 가난한 심약한 자들의 편이었다. 그들을 보면서 로는 인생이 얼마나 가혹해질 수 있는지를 깨달았다. 그런데 여자는 또 다른 사내가 필요했던 걸까? 사내에게 버림받기라도 한 걸까? 하지만 버림받은 자의 얼굴치고는 너무 멀쩡했다.

로는 말해주고 싶었다. 그런 사내를 가까이하지 말라고. 미래가 너무 빤히 보이지 않느냐고. 하지만 도통 그 말을 알아들을 것 같지 않았다. 꼭 지옥에 있는 걸 확인한 뒤 천국으로 달아나고자 애쓰는 자들이 있다. 여자도 그런 부류일까? 기어코 희생을 자처하는? 로는 씁쓸한 표정을 지으며 한 걸음 뒤로 물러섰다. 여자를 돌려보내고 싶었다.

어서 집으로 돌아가라.

거울 앞으로 다가가라.

당신의 얼굴을 보아라.

살아 있는 자의 얼굴인가. 증오하는 자의 얼굴이 아닌가.

그런 얼굴로 살기에는 인생이 너무 가혹하고 아깝지 않은가.

우울함을 버려라. 어둠을 버려라. 떨쳐버려라.

로는 진심으로 말해주고 싶었다. 그러나 그저 돌아가라는 말밖에 할 수 없었다. 여자는 몹시 당황했다.

로는 멈칫했다. 여자는 뭔가 바라는 게 있었다. 외로움을 토로하려는 걸까? 아니면 위안을 받으려고? 그런 생각을 하자 문득 침대에 있는 류가 신경 쓰였다. 결국 조용히 현관문을 닫아야 했다.

로는 속삭였다. 나중에 다시 와라. 혼자 있을 때 다시 만나자. 고독한 인간들끼리 조우하는 것도 좋을 것이다. 적은 적을 알아보는 법이니까. 한 번의 기회를 주겠다. 할 말이 있으면 그때 해라. 그러자 멀어져가는 발소리가 들려왔다.

잠시 후 침대에 있던 류가 걸어왔다.

"누구죠?"

"아니야."

로는 류를 안심시키고 싶었다. 금방이라도 기라는 자의 집으로 가버릴까 봐 겁이 났다. 지난밤 일은 실수였다고, 미안하다고 말할까 봐 두려웠다. 헤어질 무렵 로는 마음의 준비를 했다. 다행히 그녀는 미안하다고 말하지 않았다.

"밖에 누가 있는지 봐주세요."

류는 그에게 부탁했다. 로는 밖으로 나와서 주위를 살폈다. 다행히 아무도 없었다. 문을 열자 류가 밖으로 나왔다. 그렇게 그녀와 헤어졌다.

아주 조심스럽고 비밀스러운 만남이었다. 남의 눈을 피해 만난다는 것. 하나의 비밀을 나눠 가졌다는 것. 어떤 의미에서 그들은 같은 편이었나. 류가 떠나자 로는 잠들 수 없었다. 뒤척이는 동안 하복부에 통증을 느꼈다. 운동을 더 해야겠다고 생각하면서 로는 눈을 감았다. 그나마 누군가와 섹스를 하고 나면 깊이 잠들 수 있었다. 좀처럼 악몽을 꾸지도 않았다.

악몽. 권총이 나오는 꿈.

그때 어디선가 노랫소리가 들려왔다. 서글프고도 아름다운 소리였다. 로는 노랫말에 귀를 기울였다.

그대, 잠들지 마라.

천사는 그대를 지켜주지 못하리.

나약한 천사는 그대를 지켜주지 못하리.

그대의 깊은 죄.

결코 벗어날 수 없는 죄.

가엾은 천사는 그대는 지켜주지 못하리.

먼 곳에서 다가오는 자여, 먼 곳에서 사라지는 자여,

그대는 그대만의 꿈을 꾸리.

사랑 없는 꿈을 꾸리.

죄가 되지 않는 사랑을 꿈꾸리.


로는 어디론가 달아나고 있었다. 숨 쉬기 위해, 살기 위해 목
발을 버려둔 채 멀리 달아나고 있었다.


다음 날 로는 다시 거리로 나갔다. 거리의 노숙자들도 그대
로였다. 변한 게 없었다. 버림받은 아이들. 갈 곳 없는 사람들
이 도처에 있었다. 멀리서 난쟁이가 걸어오고 있었다. 로는 그
의 시선을 피했다. 도무지 그의 얼굴을 바라볼 용기가 나지 않
았다. 그러자 난쟁이가 다가와 로의 손을 잡았다.

"어서 오게."

로는 고개를 끄덕였다. 난쟁이는 피곤해 보였다.

"나는 집에서 오는 길이 아니네. 한 사람을 보내고 오는 길이

지."

"한 사람이라니?"

"알고 지내던 사람이 죽었거든. 젊은 나인데 안타깝지. 마지막 가는 길을 보고 왔네."

"그렇군."

난쟁이는 잠시 쓸쓸한 표정을 지었다. 로는 모든 것을 알고 있으면서 시치미를 뗐다. 기의 여동생이겠지. 난쟁이와도 알고 지내는 사이였군.

"그래, 기분은 좀 어떤가?"

"뭐라고 대답해야 할까?"

난쟁이는 잠시 먼 곳을 바라보았다.

"이 새벽 거리."

"그래."

로가 대답을 했다.

"모두가 살아 있군."

이미 난쟁이는 로의 모든 것을 알고 있는 것 같았다. 로는 자꾸만 그렇게 느꼈다. 로는 몹시 부끄러웠다. 류가 벌써 말한 걸까? 죄를 고백하듯 지난밤에 있었던 일을 털어놓은 걸까? 난쟁이는 대체 뭐라고 대답했을까? 경멸하면서 차가운 미소를 지었을까? 로는 두려움에 떨며 고개를 저었다.

"로, 할 말이라도 있나? 자네 좀 초조해 보여."

아직 난쟁이가 알고 있는 건 아니었다. 로는 자리를 피하고 싶었다. 어서 난쟁이가 돌아가주기를, 자신의 일터로 돌아가주기를 로는 바랐다. 좀처럼 난쟁이는 걸음을 옮기지 않았다.

"로, 모처럼 점심이라도 함께 할까?"

난쟁이가 말했다. 로는 어떤 핑계라도 대고 싶었다. 하지만 마땅히 떠오르는 대답이 없었다. 이렇게 난쟁이와의 우정에도 금이 가는 걸까? 그럴지도 모른다. 우정이라는 것도 어느 순간 금이 가는 건지도 모른다. 장담할 수 있는 건 아무것도 없었다. 로는 고개를 끄덕인 뒤 돌아섰다. 곧 난쟁이도 미소를 지으며 멀어져갔다.

그러자 기다렸다는 듯 거리의 노숙자들이 로 옆으로 모여들었다. 그들은 저마다 음식을 원했다. 로는 줄 게 없었다. 그들의 옷차림은 남루했다. 갈 곳이 없는 걸까? 그것만큼 비참한 게 있을까? 받아줄 곳이 없다는 것. 그건 쓸쓸한 일이다. 어쩌면 저들도 위로를 받고 싶은 건지도 모른다. 게다가 여기서 성당은 아주 가까운 편이니. 자비를 베푸는 신과 너그러운 신도들이 가엾은 영혼을 구제해주리.

거리에 있는 사람들은 저마다 외로워 보였다. 모두 구원받을 수 있다면. 로는 말없이 고개를 숙였다. 이제는 누군가를 속이고 싶지 않았다. 더는 배신을 하고 싶지 않았다. 로는 자신도 모르게 주저앉았다. 많은 사람들이 지나갔다. 멀리서 다가오는 자도 있었다. 처음에는 그저 행인이라고 생각했는데. 중절모를 쓴 남자가 다가와 로 앞에서 걸음을 멈췄다. 갈색 양복바지에 검은 재킷을 입은 남자. 깡마른 남자. 중절모로 얼굴을 가려 이목구비를 제대로 볼 수 없었다.

"여기서 무엇을 팝니까? 신문을 팝니까?"

뜻밖에도 중절모가 먼저 물었다. 로는 말없이 신문을 건넸다. 그러자 중절모는 바로 사양을 했다.

"그럼 무엇을 원하는지?"

"얘기 좀 할 수 있을까요?"

중절모는 낮은 목소리로 말했다. 로는 고개를 들고 중절모의 눈을 응시했다. 저 눈. 어디서 본 듯한 눈. 어두운 추억 속으로 걸어 들어가게 만드는 저 눈. 로는 두려운 나머지 재빨리 시선을 피했다.

"이렇게 여기서 다시 만나는군요."

"그만 돌아가지."

로는 상대의 말을 가로막았다. 이자가 대체 어떻게 찾아온 걸까? 사람을 시켜서? 그러자 갑자기 경계심이 일었다.

"여긴 어떻게?"

결국 로가 먼저 입을 열었다.

"어렵게 찾아냈습니다. 아주 어려운 일이었죠."

중절모는 갑자기 인상을 썼다. 피곤과 권태에 젖은 저 얼굴. 중절모는 바닥에 있던 신문을 집어서 한 장을 넘겼다. 그러나 그의 시선은 로를 향하고 있었다.

"뭘 파는 겁니까? 여기서?"

중절모가 물었다.

"보시다시피."

"완전히 몰락했군요."

"그렇게 말하면."

로는 뭔가를 참고 있었다.

"이런 걸 팔아서 생활이 가능합니까?"

"많은 돈이 필요하진 않으니까."

"그래도 생활이 가장 중요할 텐데요. 그걸 모르진 않을 텐데요."

로는 더는 비참해지고 싶지 않았다. 생활이 어렵다는 걸 들키고 싶지 않았다. 하지만 중절모, 저자가 과연 믿어주기나 할까?

로는 씁쓸히 웃음 지었다. 몰락이라는 단어를 생각하면서 로는 일부러 초연한 표정을 지었다. 중절모는 뭔가를 비웃기라도 하듯 가까이 다가왔다.

"과거의 생활과는 많이 차이 나는군요."

"아무래도."

로는 물러서지 않았다.

"그래도 그때가 그리울 때가 있을 텐데요."

"예전엔 그저 바쁘게 살았지."

"가정을 등한시하면서?"

결국 중절모가 비꼬듯 말했다.

"아니. 발로 뛰어다니면서. 글을 쓰면서. 지금은 그러고 싶지 않으니까."

중절모의 시선은 여전히 로를 훑어보고 있었다.

"모든 것이 무의미하다는 말인가요?"

이번엔 중절모가 로의 한쪽 다리를 쏘아보았다. 로의 눈이 잠시 흔들렸다.

"이렇게 되었군요. 결국."

"그런가?"

로는 담담한 표정을 지으려 애를 썼다.

"자기희생이 꽤 크군요."

"그저 내 몫의 운명일 뿐."

로는 고개를 저었다.

"여전히 잘난 척을 하시는군요. 하긴 사람이란 쉽게 변하지 않으니까요. 어떻게 사는지 지켜보러 왔습니다."

"그렇군."

"부끄럽겠죠?"

"난 사람을 죽이지 않았네. 그렇게 큰 죄를 짓지 않았네."

로는 그 말을 하면서 손바닥으로 얼굴을 비볐다.

"찾아온 용건을 말하게."

"이렇게 버리는 것입니다."

중절모는 씹고 있던 껌을 뱉어내며 말했다.

"무엇을 말인가?"

"이렇게 버리는 것입니다. 모든 것을."

"무슨 일이 있나?"

로는 두려웠다. 결국 불길한 소식을 전하기 위해 찾아온 걸까?

"누이를 한번 만나주시죠. 이것은 저의 부탁입니다."

중절모는 정중히 말했다. 처음과 다르게 그의 눈에선 적의나 분노 같은 게 사라져 있었다. 로의 얼굴이 잠시 어두워졌다. 중절모는 아내와 한 핏줄이었다. 살아 있다면. 그녀가 살아 있다면 전보다는 건강이 나아졌을 것이라고 로는 생각했다. 그렇다면 끈질긴 인연인가. 참혹한 인연인가.

"지금은 요양원에 있습니다. 얼마 남지 않았군요. 그쪽이 원하는 대로 되었습니다."

중절모의 음성이 가라앉았다.

"찾는 일이 쉽지 않더군요. 꽤 오래 걸렸습니다."

로는 힘없이 웃었다.

"함께 가주시겠습니까?"

중절모는 간곡하게 물었다. 로는 고개를 끄덕였다.

"가지."

"지금이라도 가겠습니까?"

중절모는 놀란 눈치였다.

"그러지. 뭐 어려운 일이라고."

로는 담담히 말을 이었다. 있는 그대로 삶을 받아들이고 싶었다.

"잠시 저쪽에서 기다리게. 친구를 만나고 오겠네."

중절모는 자리를 비켜주었다. 로는 난쟁이에게 갔다. 잠시
일이 좀 생겼다고, 점심은 다음에 하자고 말할 참이었다. 이미
먼 곳에서 난쟁이가 이쪽을 지켜보고 있었다.

"누구? 친구인가?"

"아니."

로는 고개를 저었다.

"식사는 다음에 하지. 어딜 좀 가봐야 해서."

"그러지."

로는 쓸쓸히 걸음을 옮겼다. 어느새 중절모의 뒤를 따르고
있었다. 중절모는 자신의 차에 로를 태웠다. 어디로 가는 걸
까? 로는 차 안에서 깊은 생각에 잠겼다.


아내가 있다는 요양원은 바닷가 근처에 있었다. 아내가 바
다를 좋아했던가? 그녀의 취향이나 습관 같은 건 생각나지 않
았다.

무심했던 시간들. 이미 저편으로 사라진 시간들. 아내는 옛
기억을, 슬픔을 다 바다에 쏟아부었던가. 지금껏 삶을 견뎌온
것인가. 그녀의 삶을 헤아려볼 수는 없었다.

"이제부터는 혼자 가시죠."

차 안에서 내린 중절모가 말했다.

"그러지. 차라리 그편이 더 마음 편할 테니까."

"어쩌면 이게 마지막일지도 모릅니다."

중절모는 로의 팔을 잡았다. 어쩐지 초조해 보였다.

"편안하게 대해주시죠."

"그러지."

로가 차갑게 대꾸했다.

"들어가시죠."

로는 천천히 요양원으로 향했다. 뒤를 돌아보지 않았다. 사람들은 대체 어디에 있는 걸까? 몸과 마음이 아픈 사람들은 다 바다로 간 걸까? 아니면 침대에 누워서 죽음을 기다리는 걸까? 그중에는 아내도 포함되어 있었다. 그것을 인정해야만 했다. 모든 것은 자신의 잘못인가. 그렇다고 말하고 싶지 않았다. 그러기엔 인생이 너무 가혹했다. 누가 인간의 죄를 물을 수 있을까? 고백을 할 수 있을까? 치유할 수 있을까? 요양원에 들어선 순간, 로는 그 누구와도 마주치고 싶지 않았다. 그러나 동시에 모든 것을 떨쳐버리고 싶었다.

"4층 복도, 맨 끝 방으로 가십시오."

중절모는 그렇게 말했다. 4층으로 올라가자 멀리 바다가 보였다. 잔잔한 바다였다. 저 평화로움을 여기 있는 사람들이 감당할 수나 있을까? 자신들이 더 고통스럽다고 아우성치는 건 아닐까? 아픈 자들은 대체 어떻게 그 격렬함을 다스리는 걸까? 로는 잠시 바다로부터 등을 돌렸다. 지금이라도 돌아가야 하나? 여전히 밖에서는 중절모가 기다리고 있을 것 같았다. 도망을 친다면 분명 그가 로를 붙잡을 것이다. 달리 방도가 없었다. 인생이 도망의 연속이라면.

로는 조심스럽게 병실 문을 열었다. 멀리 침대엔 한 여자가 앉아 있었다. 등을 보인 채 먼 풍경을 응시하고 있었다. 여자는 작은 목소리로 뭐라고 중얼거렸는데 로는 그 말을 알아들을 수 없었다. 여자는 고개를 숙이더니 종이에 뭔가를 적었다.

편지를 쓰는가. 대체 누구에게.

아직 가슴에 사무침이 남아 있어 편지를 쓰는가.

로는 그걸 읽어보고 싶었다. 설마 자신에게 쓰는 건 아니겠지. 그런 생각을 하면서 로는 천천히 그녀에게 다가갔다. 늙어버린 여자. 흰머리가 무성한 여자. 도무지 아내라고 생각할 수 없었다. 시간이 흘렀다는 것을 받아들일 수 없었다.

로는 아내의 어깨에 가만히 손을 얹었다. 너무도 연약해서 금방이라도 바스러질 것만 같았다. 인간의 뼈가 이다지도 쓸쓸했던가. 한동안 침묵이 계속되었다. 대체 어떤 말을 할 수 있다는 말인가? 한때 끌어안고 밤을 지새우며 마주 앉아 대화를 나눴던 여자. 그런 여자에게 무슨 말을 할 수 있다는 말인가? 계속 살아달라고 부탁할까?

그 순간 로는 목발을 떨어뜨렸다. 그러자 아내가 뒤를 돌아보았다. 그녀의 얼굴은 이미 검버섯으로 가득했다. 이마와 뺨, 목까지도. 이미 죽음이 가까이 와 있었다. 결국 아내가 먼저 시선을 돌렸다.

"내가 당신의 모든 것을 빼앗은 건가?"

로가 말문을 열었다.

"그런 건가?"

아내는 대답하지 않았다.

"대답해봐. 여기를 보고."

로는 자신의 다리를 보여주고 싶었다.

"여기."

하지만 아내는 아무 상관없다는 듯 다시 종이에 뭔가를 적었
다. 로는 신경질적으로 아내의 펜을 빼앗았다.

"써야 해요. 계속 쓰고 있어요."

"누구에게? 나에게?"

"아니요."

로는 실망했다.

"아들에게."

"편지를?"

로의 음성이 가라앉았다.

"전해주세요. 아들에게. 여기 있는 동안 계속 썼어요."

"……"

"모스크바에 있어요."

"그래, 그곳에 있지."

"전해주시겠어요?"

"그래야 할까?"

아내의 눈이 빛났다. 로는 조심스럽게 아내의 뺨을 매만졌다. 아내는 그의 손길을 뿌리쳤다.

"전해주시겠어요?"

"그래, 전하지. 그곳에 가게 되면."

그래, 어쩌면 모스크바로 가게 될지도 모른다. 비행기 티켓을 살 돈이 생기면. 하지만 로는 고개를 저었다. 아내는 로의 안부를 묻지 않았다. 정말 기억하지 못하는 걸까. 과거에 대해 얘기 나누고 싶었지만 그럴 수 없었다. 자세히 보니 류와 닮은 구석은 찾아볼 수 없었다. 모든 것은 로가 만들어낸 환상에 불과했다. 차라리 환상을 품고 있을 때 행복한 걸까? 그렇다면 이제 어떻게 살아가야 하나? 로는 늙어버린 아내를 앞에 두고 남아 있는 자신의 삶에 대해 생각했다. 그녀의 미래가 걱정되는 게 아니라 자신의 미래를 먼저 생각하고 있었다. 그럴 수밖에 없었다. 왜 이 여자를 볼 때면 두려움을 느끼는 걸까? 누군가를 보면서 그런 감정을 느낀다는 것은 대체 무엇을 의미하는 걸까?

로는 아내를 데리고 바다로 나아가고 싶었다. 잠시라도 거대한 자연 앞에 서 있고 싶었다. 만약 그렇게 된다면. 눈물을 흘리게 될지도 모른다. 그런데 지금 이 여자는 연기를 하고 있는 게 아닐까? 도무지 믿어지지 않아서 로는 자꾸만 아내를 힐끔거렸다.

"주로 이렇게 시간을 보내나?"

무엇보다 그녀의 일상이 궁금했다. 로가 거리에 있는 동안 대체 그녀는 무엇을 한단 말인가? 이렇게 인생을 흘려보내며 살고 있다는 말인가?

"아픈 사람들과 대화를 나눠요."

"대화?"

"그래요."

"그들은 모두 병실에 있는 건가?"

"아마도 그럴 거예요."

"이제 요양원 밖으로 나갈까?"

한참을 머뭇거리던 로가 말했다. 밖으로 나가 바람을 쐬고 싶었다. 하지만 그녀는 좀처럼 로를 따르지 않았다. 뭔가 굳은 결심을 한 사람처럼 미동이 없었다.

"편지를 써야 해요. 모스크바에서 오셨죠?"

로는 대답할 수 없었다.

"기다려주세요. 다 쓰게 되면 이걸 가져가세요. 공항으로 가실 거죠?"

"아마도 그래야겠지."

"저도 공항에 가보고 싶어요. 먼 곳으로 가고 싶어요."

순간 그녀의 얼굴에 그늘이 졌다.

"걷는 데 불편하시겠어요."

어느새 아내는 로의 다리를 쳐다보고 있었다.

"아무래도 그렇지."

"불쌍하군요."

"누가?"

"모두가요."

로는 쓸쓸히 미소 지었다.

"아이가 있죠?"

"……"

"물론 아내도 있겠죠?"

"……"

"아마 그럴 거예요. 대부분의 사람들이 그렇게 사니까요. 제 아들은 아주 멀리 있어요. 추운 곳이죠. 왜 그곳에 있는지 모르겠어요. 만나면 이 편지를 전해주시겠어요?"

아내는 먼 곳을 응시하고 있었다. 로는 그녀의 시선이 자신에게 향하길 바랐다. 하지만 그런 일은 결코 일어나지 않았다.

"목이 아파요."

"얼마나?"

"부었나 봐요. 거기 소금물 좀 주세요."

로는 창가에 놓인 컵을 아내에게 내밀었다.

"이건가?"

"그래요."

아내는 소금물을 그대로 삼켰다. 그리고 잠시 얼굴을 찡그렸다.

"성함이 어떻게 되시죠? 선생님 성함이?"

"오래전에 이름을 잊었지."

"잊다니요?"

"그렇게 되더군. 의미 없는 삶을 살았다고 생각했지. 그런데 나만 그런 게 아니었어."

"모두가 그래요."

"모두가 그렇다?"

"허무만 남을 뿐이에요. 그래요. 허무예요. 하지만 저는 아들을 생각해요. 멀리 있는 그 애를 생각하면 살아갈 용기가 나거든요."

"용기라."

"그것만 있으면 돼요."

"그게 없다면?"

"있어야 해요. 그래야 살 수 있으니까요. 한번 읽어보시겠어요?"

아내는 종이를 건넸다. 로는 그걸 읽어보려고 했다. 그런데 그럴 수 없었다. 무슨 글자인지 도무지 알아볼 수 없었다. 그건 편지가 아니었다. 종이엔 해독할 수 없는 암호로 가득했다. 로는 종이를 내려놓았다. 결국 로는 주머니 속에서 담배를 꺼냈다.

"피워도 될까?"

"그래요."

"내가 누군지 알고 있나?"

로는 결국 질문하고 말았다.

"네."

"한때 우리가 같이 살았던 사이라는 걸 알고 있나?"

"네."

"알고 있군. 근데 왜 이렇게 된 건지 알고 있나?"

"네."

"대답이 짧군. 부정하는 건가? 외면하는 건가?"

"네."

"앞으로 어떻게 될지 알고 있나?"

"물론이에요."

"미래를 알고 있다는 것, 그것이 두렵지 않나?"

"두려워요."

"이렇게 또 헤어지는 거겠지."

아내는 생각보다 초연했다. 그럴수록 로는 초조함을 느꼈다.
이 모든 것이 꿈인 것만 같아 불안했다.

"한번 안아봐도 될까?"

로는 아내에게 다가가 말없이 그녀의 등을 끌어안았다.

"용서해줄 수 있을까?"

"네."

"나 자신을 용서해도 될까?"

"그러세요. 쉬운 일이에요."

아내에겐 더 이상 중요한 게 없는 걸까? 이제 죽음조차 무의미하게 느끼는 걸까? 로는 아내의 얼굴을 매만졌다. 눈과 코와 입술 그리고 목까지 천천히 어루만졌다.

"자야겠어요. 이제."

피곤한 목소리였다. 로는 한 걸음 뒤로 물러섰다. 아내는 편지를 접어 로에게 건네고는 침대에 누웠다. 용서. 늘 듣고 싶었던 말이었다. 이제 떠날 때가 되었다고 로는 생각했다. 이제 정말 그럴 때가 되었다고.

5장

한동안 여는 D섬을 여행했다. 지루하고도 단조로운 여행이었다. 사흘 동안 그녀는 줄곧 혼자 다녔다. D섬으로 간 것은 배를 타고 싶었기 때문이었다. 배 안에서 5시간이나 보내야 했다. 밤이 되자 갑판에 있던 사람들은 객실로 들어갔다.

홀로 남아 있던 그녀는 조용히 밤바다를 응시했다. 오랫동안 한자리에 서서 자신의 자궁을 생각했다. 거기에도 이렇듯 검은 물이 가득 차 있을까? 그러자 문득 밤바다로 뛰어들고 싶은 충동을 느꼈다. 아니 자궁 속으로 들어가 헤엄을 치고 싶었다. 거기엔 무엇이 있을까? 혹시 엄마라고 부를 미지의 생명이? 엄마라니. 얼마나 아름답고 참혹한 단어인가. 얼마나 끔찍한 단어인가. 자궁을 들여다볼 수 없다는 게 못내 아쉬웠다. 그녀는 잠시 사내를 생각했다.

그의 휴가는 이미 끝이 났을 것이다. 사내는 지금쯤 누군가를 감옥에 보내기 위해 동분서주하고 있을 것이다. 그것은 여와는 상관없는 그만의 일상이었다.

사내는 자신의 직업을 사랑했다. 여에게는 직업이라는 게 없었다. 물론 여행이 끝나면 다시 일자리를 알아볼 생각이었다. 그렇게 된다면 지금보다 더 바빠질 수도 있었다. 그러기 전에 갖고 있던 돈을 다 써버릴 생각이었다. 마음만 내키면 미련 없이 밤바다에 뿌릴 수도 있었다.

그녀가 D섬에 있다는 것을 사내는 알지 못했다. 굳이 말해야 할 필요는 없었다. 다만 날이 갈수록 여의 마음은 초조해지고 있었다. 빨리 임신을 해야 할 텐데. 그동안 사내를 너무 믿었던 걸까. 아니 믿음이란 건 애초부터 그녀에게 없었다.

여기서도 결국 혼자군. 그녀는 불안함을 느끼면서 갑판을 바라보았다. 그러는 동안 친친히 다리를 벌렸다. 여행이 끝나면 바로 산부인과에 들러볼 생각이었다. 그곳에서 갓 태어난 아기들을 바라보며 자신의 아이라고 중얼거려볼 수도 있었다. 차라리 조리원에 침입할까? 그곳에서 일하는 직원들과 쉬고 있는 산모들을 모조리 위협해볼까? 어떻게 해야 그들이 겁을 먹을까? 그렇게 된다면 또다시 경찰서로 끌려갈지도 모른다. 철창신세를 지게 된다면. 그곳에서 사내를 만난다면.

사내는 아마도 그녀를 외면할 것이다. 차라리 그녀는 감옥으로 들어가고 싶었다. 죄수들이 한없이 부러웠다. 그들의 신음. 그들의 고독. 그들의 뼈. 피. 죄. 그리고 타락.

D섬에도 감옥이 있을까? 그녀는 온갖 상상을 했다. 그러나 막상 D섬에 도착하자 현기증을 느꼈다. 더럽고 황폐한 섬이었다. 온갖 소음으로 가득 찬 섬이었다. 하늘은 무겁게 가라앉아 있었다. D섬에 살고 있는 사람들은 초조해 보였다. 신경질적이고 예민해 보이는 사람들. 그들은 관광객에게 친절을 베풀지 않았다. 오히려 오만하고 불손했다. D섬은 불안한 땅이었다. 무엇이 그들을 이렇게 만든 걸까?

그러자 하루라도 빨리 그곳을 탈출하고 싶어졌다. 이런 고독 속에 내던져지다니. 항구에 서 있던 그녀는 다시 배에 올랐다. 기다리는 사람이 없다 해도 돌아가서 다시 살아갈 수밖에 없었다.

계단. 검은 계단.

끔찍한 계단.

그녀는 고개를 저으며 객실로 들어갔다. 그리고 조용히 침대에 누웠다. 배가 심하게 흔들렸다. 그녀는 자리에서 일어나 쓰레기통을 찾았다. 결국 구토를 했다. 그녀는 입가에 침을 닦아낸 뒤 다시 침대에 누웠다. 천장을 바라보다가 무심코 바지 속으로 손을 넣었다. 손가락에는 어김없이 피가 묻어 있었다.

"이번에도 실패로 끝이 났군. 이건 실패야. 분명해."

그녀는 중얼거렸다. 패배감을 느끼며 비릿한 냄새를 맡았다.

이제 폐경기까지 얼마나 남은 걸까? 한평생 생리를 계속하면서 살 수는 없을까? 이불에 피를 묻힌 채? 늙어서도 아기를 낳을 수 있다면. 백 살까지는 아니어도 예순까지만이라도.

검버섯이 핀 얼굴로 아기를 들여다본다면. 주름진 손으로 기저귀를 갈아줄 수 있다면. 그건 아주 기이한 상상이었다. 섬뜩한 상상이었다. 그녀는 웃으며 다시 갑판으로 나아갔다.

피는 계속 흐르고 있었다. 갑판에는 노인이 한 명 서 있었다. 저자도 젊음을 통과했겠지. 여자들과 뜨거운 밤을 보냈겠지. 자신의 성기를 여자의 질 속으로 밀어 넣었겠지. 그러자 가까이 다가가 노인을 밀쳐버리고 싶었다. 젊음이라니. 피라니. 교만이라니. 저자는 평화를 얻은 걸까? 저 나이에 얻은 평화라면 그건 어떤 의미가 있을까?

여는 노인 옆에서 담배를 피웠다. 기다렸다는 듯 노인이 기침을 했다.

"무엇을 기다리나?"

뜻밖에도 노인이 먼저 말을 걸었다.

"글쎄요."

"왜 그렇게 담배를 피우나?"

"지루하기 때문이지요."

여가 대답했다.

"달리 할 게 없는가?"

"없기 때문이지요. 이 시간을 어떻게 견디죠?"

"지나가겠지. 곧."

"배를 타고 몇 시간을 더 가야 하죠?"

"3시간 10분."

손목시계를 들여다보던 노인이 대답했다.

"D섬이 고향인가요?"

"아니."

"그렇다면?"

"태어난 곳을 모르니까."

노인은 잠시 쓸쓸한 표정을 지었다. 그녀는 동질감을 느꼈다. 이자도 젊은 시절에 고통을 느꼈을까? 고통을 끌어안고 살았을까? 고통. 더러운 고통이라니. 그녀는 노인의 얼굴에서 방황의 흔적이라도 찾아보려고 했다.

"극복하셨나요?"

여가 물었다.

"무엇을 말인가?"

"삶을 말이죠."

노인은 고개를 저었다.

"방법은 없지. 다만. 그쪽은 종교가 있나?"

"가끔 성당에 가요."

"거기에 매달려보게."

"해결이 될까요?"

"신은 모든 것을 구원해주지."

"신이라고요?"

여는 노인의 말을 믿고 싶지 않았다. 당신만의 신? 그녀는 묻지 않았다.

"무신론자보다는 낫지 않나?"

잠시 침묵이 이어졌다.

"이 세계를 긍정하시죠? 대답해보세요."

"그럴 수 있을까?

여는 비로소 미소를 지었다. 자신의 미래를 보는 것 같았다. 이렇게 오래 살 수 있을까? 이렇게 체념한 얼굴로? 모든 것이 지나가버린 얼굴로? 모든 것을 받아들이는 담담한 자세로 그렇게 살 수 있을까?

노인은 여의 눈을 오래 응시했다.

"무엇이 보이죠?"

그녀가 물었다.

"과거인가요? 젊음인가요? 아름다움인가요?"

"아무것도."

그녀는 절망하지 않기 위해 애쓰고 있었다.

"도박을 해본 적이 있죠?"

"아마도."

"인생 전체를 걸어본 적이 있죠? 젊은 여자를 유혹하고 싶었던 적도?"

"아마도."

"결국 무엇이 남죠?"

"슬픔만이 남더군."

"제대로 살아온 게 맞나요? 모든 걸 다 던져서?"

"과연 그게 제대로일까?"

노인은 해답을 찾을 수 없다는 듯 여의 눈을 빤히 바라보았다. 이번엔 노인이 질문했다.

"D섬으로 온 까닭은?"

"그저 발길이 닿았기 때문이지요."

"앞으로 어떻게 살 건가? 모든 것을 거부하듯이? 탈출하듯이? 조롱하듯이? 물론 가족이 있겠지?"

"아니에요."

"인연을 끊었나? 내쫓았나? 아니면 모두 죽였나?"

여는 천천히 고개를 끄덕였다. 검은 하늘에서 빗방울이 조금씩 떨어졌다.

"이미 마음속에서 죽인 것 같군."

노인은 단정 지었다. 그럴수록 여는 노인을 외면했다.

"흔들리는군요."

"무엇이?"

"배가 흔들려요."

"앞으로도 그렇겠지."

"……"

"할 말이 있나?"

"많아요."

"천천히 신에게 다가가게."

"아니요. 아무에게도 다가가지 않을 거예요."

"그러지 말고 빛을 보게."

"무슨 뜻이죠?"

여는 궁금했다. 노인은 등을 돌린 채 밤바다를 바라보며 말했다.

"빛을 보게. 자신만은 살려두게."

"……"

"외부에서 오는 소리들을 듣게. 내부에서 오는 소리들을 듣게. 평화로운 소리를. 스스로와 너무 긴 싸움을 하지 말게. 괴물과 싸우지 말게. 이길 수 없을 테니. 신은 가엾은 영혼들을 위로해주지. 가난한 영혼들을."

"그렇다면 인간은요?"

"고난을 겪을 뿐이지."

"아니요. 아니에요."

그녀는 애써 노인의 말을 부정했다.

"잠시라도 평화로움을 느껴보게. 어둠 속에서 눈을 뜨고 마음을 들여다보게."

"당신은 누군가요?"

결국 여가 물었다. 노인은 망설이고 있었다.

"그저 한낱 인간. 아무것도 아닌 인간. 내 말을 기억하게."

노인은 곧 멀어져갔다. 그녀는 노인을 붙잡지 않았다. 더 묻고 싶은 게 있었다. 인생 전체에 대해, 한 인간으로서 걸어온 시간들에 대해, 조롱에 대해, 타락에 대해, 신에 대해 묻고 싶은 게 있었다. 여는 자신을 억누르고 있었다. 노인을 붙잡을 수 없다는 걸 알고 있었다.

지상에서 그 누구도 붙잡을 수 없었다. 그녀는 누군가에게 뺨을 맞듯 오랫동안 비를 맞으며 서 있었다.


결국 D섬에서 돌아온 그녀는 성당으로 갔다. 마땅히 갈 곳이 없었다. 의지할 곳이 신밖에 없다니. 도무지 믿을 수 없었다. 이제 무엇을 고백해야 하나? 스스로를 조롱하며 그녀는 앞으로 나아갔다.

성당 구석에는 한 남자가 앉아 있었다. 고개를 숙이고 있는 남자는 고독해 보였다. 기도를 하는 건가. 아니면 체념을? 그녀는 그의 모습을 오래 응시했다. 어쩌면 죄를 짓고 이곳으로 도망쳐 온 것인지도 모른다. 갈 곳이 없어서 숨을 곳을 찾아서 이곳으로 온 건지도.

그녀는 시선을 거두고 무너질 듯이 의자에 앉았다. 그때 어디선가 파이프 오르간 소리가 들려왔다. 한낱 절망에 빠진 자를 위로하기 위해 누군가 연주를 하는가. 이렇게 아름다운 소리라면 가난한 영혼에게 도움이 될지도 모른다. 아름다움은 인간을 구할 수도 있으니.

그녀는 점점 오르간 소리에 빠져들었다. 기도. 그러나 막상 어떤 기도를 해야 할지 알 수 없었다. 참회할 것은 없었다. 용서라니. 그런 건 없었다. 단지 여에게는 괴로움이 남아 있었다. 끈질기게 따라붙는 괴로움. 그게 전부였다. 사실 그녀는 살아오는 동안 모든 것을 극복하고자 애를 썼다. 고독 속에 내던져진 채 홀로 감내하며 살아온 것이다. 불완전한 모습으로. 신에게 의지하기엔 자신이 너무 타락한 것이 아닌가. 그렇다면 이제 무엇이 남은 걸까. 무엇을 견디며 살아야 할까.

인간은 불완전하고 초라하다.

그것을 받아들이며 사는 수밖에 없다.

인간은 피를 흘린다.

그 피 흘림을 받아들이는 수밖에 없다.

인간에겐 거처가 없다.

이곳저곳을 헤매며 끊임없이 방황하게 될 것이다.

인간은 허위 속에서 살 뿐이다.

거짓과 싸우면서 살아갈 뿐이다.

그것이 결국 인간인 것이다.

그것이 결국 인간인 것이다.

그녀는 한낱 중얼거림으로 기도를 대신했다. 파이프 오르간 소리는 더 이상 들려오지 않았다. 그녀는 천천히 자리에서 일어났다. 더 이상 한곳에 머무를 이유가 없었다. 성당 밖에는 안개가 자욱했다.

그녀는 그 속을 정처 없이 걸어갔다. 거리는 음산했다. 그녀는 자신이 인간인지 귀신인지 짐승인지 헷갈렸다. 다시 폐차장 쪽으로 가고 있었다. 하나의 거대한 무덤. 끔찍한 무덤.

만약 공중화장실이나 기찻길에서 발견되었다면 아마도 그곳을 맴돌았을 것이다. 모든 행위에는 이유가 있었다. 우연이란 건 존재하지 않았다. 그렇다면 숙명은 존재하는가? 어쩌면 그럴지도 모른다.

처음부터 이렇듯 헤매기 위해 태어난 것인지도 모른다. 스스로와 싸우기 위해. 여기저기 버려진 타이어들이 있었다. 쓰레기들과 라이터, 양초도 보였다. 그녀는 그것을 집어 들었다. 어딘가에 들어가 불을 켜고 싶었다. 폐차장 안에는 차들이 너무 많았다. 마음만 먹으면 그 차들을 전부 태워버릴 수도 있었다. 하지만 그렇게 하지 않았다. 대신 아주 더럽고 오래된 차를 찾기 시작했다. 그런 차를 찾는 일은 아주 쉬웠다. 어느덧 희미한 안개가 주변을 감싸고 있었다. 그녀는 차의 뒷좌석으로 숨어들었다.

영원.

처음의 그곳으로 돌아가려는가.

그녀는 기다렸다는 듯 바지를 벗었다. 팬티마저도 벗었다. 그런 다음 라이터를 당겨 양초에 불을 붙였다. 그러자 이 세계가 아주 환해졌다. 이토록 밝은 세계였다니. 그것도 모르고 이런 세계를 견뎌온 것이라니.

그토록 찾아 헤매던 거처.

이미 그녀의 두 다리 사이에선 검붉은 피가 흐르고 있었다. 이제는 그 피를 증오할 수밖에 없었다. 혐오할 수밖에 없었다. 그녀는 고개를 더 숙인 채 그곳을 들여다보았다. 벌레들이 꿈틀거리고 있었다. 온갖 더러운 벌레들이 서서히 쏟아져 나왔다. 그것은 그녀가 그토록 원하던 생명체였다.

벌레들 사이에 아가들도 있을 것인가.

과연 있을 것인가.

조금 더 자세히 들여다보기 위해 그녀는 양초를 가까이 댔다. 촛농이 허벅지 위로 떨어졌다. 거뭇한 부분에도 떨어졌다. 여는 비명을 지르고 말았다.

이것은 하나의 아픔인가.

양초는 곧 바닥으로 떨어졌다. 비로소 세계 속에 내던져졌다는 것을 그녀 스스로 인정할 수밖에 없었다.

*

기는 지하도를 건넜다.

어디선가 장미향이 풍겨왔다. 앞서 걷던 여인이 가슴에 장미한 다발을 안고 있었다. 그 뒤로 사내아이가 따라 걷고 있었다. 한참을 걷던 여인이 뒤를 돌아보며 아이에게 빨리 오라고 소리쳤다. 여인의 눈매는 매서웠고 얼굴엔 탐욕이 가득했다.

지하도에 있던 거지들은 텅 빈 눈으로 허공을 응시하고 있었다. 패배한 자들답게 그들의 모습은 초라했다. 가까이 갈수록 악취가 풍겨왔다. 지하도엔 악취와 장미향이 묘하게 뒤섞였다. 기는 쾌적한 냄새만 맡고 싶었다. 불길한 냄새를 피한 채 나아가고 싶었다.

앞서 걷던 사내아이가 거지들 앞에서 걸음을 멈추었다. 거지들에게 돈을 주기 위해 아이는 주머니를 뒤적거렸다. 동전은 나오지 않았다. 그 광경을 보던 여인이 다가가 아이의 귀를 잡아당겼다. 그사이 붉은 꽃 한 송이가 바닥으로 떨어졌다.

그런데 끌려가던 아이가 그 꽃을 주워달라고 기에게 부탁했다. 그것을 거지에게 전해달라고 했다.

기는 놀라서 그 자리에 서 있었다. 꽃을 주웠으나 거지들에게 전해주지 않았다. 우연히 손에 들어온 꽃 한 송이. 그게 하나의 인생처럼 여겨졌다. 그때 휴대전화가 울렸다. 탄이었다.

"기, 오고 있죠?"

"그래."

"와서 얘기를 해요."

"무슨?"

"아무 얘기라도 좋아요."

"류에게 전화를 걸어봐."

"그럴 거예요."

"지금 꽃 한 송이를 주웠어."

기는 속삭이듯 말했다.

"가지고 오세요."

"그것밖엔 없어."

"알고 있어요. 화병에 꽂아둘게요."

대체 무엇을 안다는 걸까? 지금의 상황을? 앞으로의 미래를?

기는 성당 쪽으로 걸어갔다. 자욱한 안개가 주변을 감싸고 있었다. 그에겐 쉴 공간이 필요했다. 잠시 공원에서 잠을 청하긴 했지만 그것은 온전한 휴식이 되지 못했다. 그보다 더 적막한 공간이 있다면. 위로받을 만한 공간이 있다면 그곳으로 가볼 생각이었다. 그 누가 이런 자신을 이해해줄 것인가.

한낱 방화자를.

그 누가 감싸줄 것인가. 살아온 세월을. 누군가 들춰본다면 아마도 비난할 것이다.

모든 비난. 세상의 가혹한 비난.

차라리 그는 비난을 피해 사라지고 싶었다. 숨어버리고 싶었다. 그러나 이제 그런 곳은 존재하지 않는다는 걸 잘 알고 있었다. 결국 갈 데가 없어서 성당으로 가다니. 신을 만나게 되면 무엇을 속죄해야 하나? 과연 들어줄 것인가? 기도를? 한낱 쓸데 없는 짓 아닌가? 온갖 의심을 하면서 기는 계속 걸었다. 인간을 의심하나 신을 의심하나 마찬가지였다. 시간이 흘러도 달라지는 건 없었다. 그는 조용히 성당 문을 열고 구석으로 걸어갔다. 적막을 깨고 다시 휴대전화가 울렸다.

"기."

어둠 속에서 누군가 속삭였다.

"듣고 있죠?"

이번에도 탄이었다.

"어디에요?"

"신 앞이야."

"성당이군요. 그래요. 기도를 해요. 신은 들어줄 거예요."

"누가 그랬지?"

"난쟁이 할아버지가요."

그래, 그라면 그렇게 말했을 것이다.

난쟁이라면 아이에게 희망을 주고 앞으로 나아갈 수 있게 도움을 줬을 것이다. 기에겐 없는 것이 난쟁이에게 있었다.

"기도를 해요. 다시 시작하게 해달라고요."

어쩐지 아이의 목소리가 절박하게 들려왔다.

"두 손을 모으고 속삭여요. 증오를 버리고 평화를 달라고 해요."

"평화."

그제야 그는 흐느끼듯 말했다.

"앞으로의 삶을 지켜봐달라고요."

그럴 수 있을까?

"제가 대신할까요?"

"아니."

기는 애써 고개를 저었다. 지금껏 단 한 번도 그런 생각을 해본 적은 없었다. 누군가 자신의 기도를 대신하리라는 것을. 그러자 그동안 품고 있었던 옛 증오가 잊히는 듯했다. 하지만 여전히 그의 가슴엔 허무가 남아 있었다.

인생에 대한 긴 허무.

그는 자리에서 일어나 어두운 계단을 향해 나아갔다.

언젠가 아이 역시 신을 찾게 될 날이 있을지도 모른다. 그날을 위해 그는 붉은 꽃 한 송이를 계단에 내려놓았다. 그때 다시 휴대전화가 울렸다. 류였다.

그래, 류. 너에게 아직 해줄 말이 남아 있었다. 못다 한 말들이. 아직 여기에 남아 있었다. 긴 침묵 속에.

그는 마지막 기도를 하듯 어둠 속에 고개를 숙인 채 서 있었다.

*

로는 차가운 벽에 기대어 뭔가를 적었다. 곧 극심한 두통이 찾아왔다. 책상 앞에 앉고 싶었지만 허름한 모텔에 책상이 있을 리 없었다. 그렇다면 깨끗한 시트라도 있기를 바랐다. 하루만이라도 좋으니 깨끗한 시트가 깔린 침대에서 자고 싶었다. 하지만 하루 벌어서 하루 사는 로에게 호텔에서 자는 것은 사치였고 허황된 꿈이었다. 과거에는 얼마나 자주, 익숙하게 고급 호텔을 드나들었던가. 그렇게 자본에 기대어 살던 날들도 있었다.

요양원에 있던 아내와 헤어진 뒤, 로는 바로 바닷가를 찾았다. 아직도 바닷가 호텔이 있을까. 막연히 생각하면서 추억의 장소로 돌아온 것이다. 그러자 그 사람이 생각났다. 예상했던 대로 바닷가 호텔은 어디에도 보이지 않았다. 대신 그 자리엔 부드러운 모래만이 남아 있었다. 멀리서 파도가 밀려오며 모래를 적셨다.

결국 로는 주변을 둘러보다가 모텔을 찾았다. 침대가 있긴 했지만 몹시 더러웠다. 바닥에는 누군가 떨어뜨리고 간 머리카락이 남아 있었다. 로는 방을 바꿔달라고 주인에게 말하지 않았다. 누군가에게 싫은 내색을 하고 싶지 않았다. 다만 종이 한 장이 필요했다.

"편지를 써보세요. 편지 말이에요."

"누구에게?"

"아드님에게 말이에요."

요양원에 있던 아내는 그렇게 말했다. 아내는 애처로워 보였다. 로는 부정할 수 없었다. 화를 낼 수도 없었다. 대체 누구에게 화를 낸다는 말인가. 대신 로는 편지를 쓰겠다고 했다. 그러나 오래전 세상을 떠난 아들에게 해줄 말이 없었다. 그저 해묵은 체념만이 남아 있었다. 로는 결국 자리에서 일어섰다. 곧 침대가 놓인 곳으로 다가갔다. 그때 삐걱거리며 문이 열렸다.

"거기 누구?"

들어올 사람이 없는데. 혹시 모텔 주인인가? 그렇다고 손님 방에 함부로 들어오다니. 항의라도 할 생각이었다. 하지만 다행히 모텔 주인은 아니었다. 문에 기대어 로를 내려다보고 있는 한 사람이 있었다. 로는 몹시 당황해서 침대에서 일어섰다.

"당신이 어떻게 여기에?"

"로."

그가 로의 이름을 불렀다. 그의 환영일까?

"문이 열려 있더군."

"그럴 리가."

잠시 침묵이 흘렀다.

"우리가 얼마 만에 만난 건지 아는가?"

로는 고개를 저었다. 얼마만의 세월인가. 쉽게 가늠할 수 없었다. 그런데 어떻게 여기에? 그에게선 아편에 취한 흔적은 찾아볼 수 없었다. 옷차림도 깔끔했다.

"많이 변했군. 로."

로는 두려워서 창가 쪽으로 걸어갔다.

"청년의 이미지였는데 이렇게 늙어버리다니."

"그런가?"

"오랫동안 기다렸어. 로를."

"당신이 나를 왜?"

로는 창밖을 응시하며 말했다.

"이 방에서 뭘 하고 있었지? 나를 기다렸나?"

"아니야."

"그럼 꿈을 꾸고 있었나?"

멀리 파도가 밀려오는 것이 보였다. 황량하고 거친 바다였다. 낭만이라곤 찾아볼 수 없는 쓸쓸한 바다였다.

"가끔 내 꿈에도 로가 나타나더군."

"내가?"

"그래. 분명 로였지. 하지만 그렇다고 총으로 쏠 수는 없는 일이지."

로는 믿고 싶지 않았다.

"가까이 오겠어?"

로는 여전히 창가에 서 있었다.

"나에게 하고 싶었던 말이 있었다면 지금이라도 해봐."

그제야 로는 등을 돌렸다. 한 시절, 로의 영혼마저 흔들었던 하나의 존재. 갈색 눈동자를 지닌 사내. 그래, 당신에게 해줄 말이 있었다.

"무엇을 확인하기 위해 찾아온 거지? 이런 내 모습을 보기 위해?"

로는 말을 이었다.

"어쩌면 당신도 알고 있었을지 몰라. 내가 패배자라는 것을. 숨기고 싶었지만 결국 이렇게 되고 말았어. 더 이상 당신에겐 보여줄 게 없어. 이런 모습밖에는. 하지만 한 가지 부탁이 있어."

"그게 뭐지?"

"모스크바로 가자는 얘긴 하지 마."

"모스크바."

"그토록 오랜 세월을 긴 허무와 싸워왔는데. 죽음의 유혹과 싸워왔는데 이곳을 버리고 낯선 땅으로 갈 수는 없어. 그곳에서 살아갈 수는 없어. 그런 생각은 해보지 못했어. 이런 곳에서 당신을 만나다니."

로는 잠시 침묵한 후에 말을 이었다.

"결국 이런 게 삶이었다니."

로는 더 이상 말하지 않았다. 그가 자신을 오해하도록 내버려두었다. 그러자 미치도록 음악이 듣고 싶어졌다.

모든 기억을 지울 수 있도록. 잊을 수 있도록. 간절하고도 격징적인 슬픈 음악이 필요했다.

바흐의 「마태 수난곡」. 그런 곡이라면. 그래, 그런 곡이라면. 그러나 그것은 인간이 아니라 신에게 바치는 곡이 아니었던가. 그래, 그게 어떻다는 말인가. 상관없었다. 아무 상관없었다.

로는 그토록 절실히 그리워했던 상대를 앞에 두고 다른 생각에 빠져 있었다. 갑자기 그가 화가 난다는 듯 강한 힘으로 로의 어깨를 밀쳤다.

"로, 대체 무슨 생각을 하는 거지?"

그가 로의 목덜미와 입술에 마구 키스를 했다. 로는 거부하지 않고 모든 것을 받아들였다.

수난.

인생이라는 수난.

산다는 것은 아무것도 아니라는 듯 로는 고개를 저었다.

스페인의 남부 네르하에 가면 평화로운 바다를 볼 수 있다.

그 바다는 내가 본 풍경 중 가장 아름다웠다.

한 번은 그런 평화 속에 머물고 싶었다.

어떤 것을 상실한 후에야, 뼈아픈 고독을 겪은 후에야 글을 쓸 수 있게 되었다. 그러나 그것에 대해서는 함부로 말하고 싶지 않다.

이유진과 김미월 언니에게 고마운 마음을 전한다.

어려운 시절에 그들의 도움을 받았다.

제주에 머물며 글을 쓰는 동안 여러모로 도움을 주신 현해옥 이모와 첫 책에 이어 편집을 맡아주신 최지인 님께 특별한 마음을 전한다.

문학과지성사 여러분께 깊이 감사드린다.

나는 이 책을 온전히 윤민영을 위해 썼다.
쉽지 않았으나 늘 그녀를 사랑하려 했다.
윤민영은 내 어릴 적 이름이다.

2014년 여름
제주 애월에서
윤보인